Laurent LADAME

Ana

Euryuniverse éditions

© Euryuniverse éditions

Dépôt légal :   Décembre 2013

EAN : 9782363311252

ISBN : 978-2-36331-125-2

www.eurynuverse.net

Préface

C'est une bien étrange histoire.

Au début, si banale... Et qui, soudain, nous entraîne sur des chemins insoupçonnés, empreints du plus grand mystère.

Au point que le lecteur se surprend à « avaler » les lignes et à tourner les pages, sous l'emprise d'une impatience fébrile, incapable de se détacher un instant de ce récit dont il veut urgemment connaître la suite.

Quel sens donner à sa vie ?
C'est la trame essentielle de ce roman imprégné de philosophie, de science, d'ésotérisme...
Et, au sein duquel on se nourrit de réflexions qui nous font explorer notre moi le plus intime.

L'auteur nous invite à réfléchir sur l'importance des choix que nous sommes amenés à faire sur notre chemin de vie.

Instants « charnières », si cruciaux, où l'on ressent parfois le même cruel et délicieux vertige qu'au bord d'un précipice.

Ces moments-là exigent du courage, si l'on veut rester fidèle à ses envies, à ses rêves...
A soi-même, tout simplement !

Oui, le bonheur a un prix.
Et plus encore, quand il est question d'amour.

Les moins téméraires, qui se refugient dans le giron de la facilité renoncent ainsi, consciemment ou pas, aux sublimes émotions qui font que l'on se sent vivant et libre.

J'aime beaucoup cette phrase de l'écrivain irlandais Joseph O'Connor, qui dit :
« On a toujours le choix. On est même la somme de ses choix. »

Car c'est là tout l'enjeu de l'impressionnant face à face entre le héros de l'histoire, Jean Delange, et l'énigmatique Monsieur Mellaz, détenteur d'étranges savoirs.

Tout au long du récit, une jeune femme, Ana, hante nos cœurs et nos esprits.
Superbe héroïne, dont l'absence même est une lumière.

Sera-telle assez puissante pour éclairer le destin de Jean Delange ?

Marylène BERGMANN,
Journaliste et présentatrice
TV

Né en 1971 à Nancy, Laurent Ladame y effectue ses études et obtient une maîtrise de droit.

Après avoir envisagé de devenir avocat, il réalise sa carrière dans l'immobilier, ce qui le conduit à prendre la direction d'agences en Lorraine pour un grand groupe immobilier.

Cette réussite professionnelle ne parvient toutefois pas à le satisfaire. En quête depuis toujours de lui-même, il ne cesse de rechercher ce pourquoi il est vraiment fait, convaincu que quelque chose de plus passionnant sommeille en lui.

A quarante ans, à la faveur d'un banal achat sur internet, une rencontre étonnante l'entraîne dans une correspondance qui va bouleverser sa vie : il se découvre une passion dévorante pour l'écriture.

L'écriture prend alors une importance essentielle. Elle donne enfin un sens à sa vie.

Cette découverte lui donne la force de transformer sa vie. Il renonce à ses fonctions de directeur et se consacre entièrement à l'écriture, depuis lors.

Laurent LADAME écrit tout d'abord un premier roman, *L'homme des autres,* un ouvrage intimiste resté confidentiel.

Ana est son second roman.

« *Nous devons être le changement que nous voulons voir dans ce monde.* »
Gandhi

À Estelle, grâce à qui ce livre a grandi, pour son infaillible soutien.

1

Jean Delange était un homme singulièrement ordinaire.

On répliquera aussitôt et immanquablement qu'il n'y a rien d'extraordinaire à être ordinaire. La sphère des êtres communs se révèle être d'une étonnante immensité.

Toutefois, en règle générale, on parvient à trouver chez chacun d'eux une particularité notable : une histoire moins effacée, une aptitude signifiante, un épisode plus enviable, une idée moins futile, bref, quelque chose susceptible de faire frémir un sourcil.

Ce n'était pas le cas de Jean Delange, dont l'ordinaire était exceptionnellement lisse : toutes les facettes de sa vie se trouvaient admirablement quelconques.

A trente ans passés, il sommeillait dans un célibat complaisant. La fonction la plus modeste lui avait été confiée dans l'entreprise où il était employé. Il logeait dans un petit appartement de faubourg sans prétention. Il n'avait pas de hobbies. Il ne pratiquait aucun sport, même s'il lui arrivait de succomber à l'envie de jogger, de temps à autre, quand un besoin de défoulement se présentait. Ce qui n'arrivait que rarement, car sa vie s'écoulait affablement, loin de tout évènement susceptible d'agiter son corps et son esprit.

Sa seule particularité était qu'il n'était jamais à l'heure. Il arrivait cependant toujours avec le même temps de retard, si bien qu'on pouvait dire qu'il était parfaitement ponctuel dans ses retards.

Son quotidien était d'une platitude fluide : tous les matins, quand son réveil lui en donnait le signal, il s'extirpait lentement de son lit et se glissait mollement dans sa cuisine. Il se soumettait alors sans appétit à un petit-déjeuner frugal. Il laissait ensuite une douche très chaude achever de l'éveiller d'une nuit sans rêves. Il se vêtait enfin d'habits choisis au hasard, et rejoignait le flot des voyageurs trimbalés en commun, à destination de son lieu de travail.

Sa journée de travail - entendons ses activités alimentaires - s'écoulait lentement et de manière à peu près immuable. Ses tâches ne présentaient aucune difficulté particulière et tellement peu d'intérêt qu'on s'abstiendra d'en parler.

A dix-huit heures précises, il quittait son poste et reprenait en sens inverse le chemin de son domicile. Une fois chez lui, il paressait longuement en observant quelques jeux télévisés creux, puis avalait un plat pré-cuisiné sans y penser, tout en prenant connaissance des nouvelles du jour, présentées par l'immuable présentateur du journal de 20 heures.

Ensuite, il sélectionnait négligemment un film dans sa vidéothèque, qu'il visionnait sans grande attention. Après quoi, il gagnait sa chambre à coucher, parcourait quelques pages d'un roman policier puis s'endormait aussitôt après avoir éteint sa lampe de chevet.

Et chaque jour de la semaine se déclinait ainsi, comme une ombre discrète, dans une infaillible constance.

Ses week-ends se déployaient selon le même rythme mou, dans une alternance polie entre ses différents loisirs solitaires.

Sa vie s'apparentait à une plaine sans relief, s'étendant dans un horizon pâlissant et alangui.

Il la parcourait dans une indifférente nonchalance, aveugle au déroulement honteusement morne de son existence.

Cette vie là était son choix. Elle présentait la paix d'une route invariablement plate : elle était certes dépourvue de l'exaltation des descentes, mais s'affranchissait de l'essoufflement des montées et restait prudemment éloignée du danger des précipices.

Pour l'essentiel, voilà donc en quoi consistait la vie parfaitement monotone de Jean Delange.

2

Jean n'avait qu'un seul et unique ami : Mathieu.

Mathieu était le seul rescapé de sa sombre et ennuyeuse traversée de l'adolescence. Ils s'étaient trouvés placés dans la même classe à l'entrée du collège et s'étaient rapprochés par hasard, de la façon dont les amitiés se créent à cet âge.

Mathieu était un authentique séducteur. Il avait cette chance spéciale d'être pourvu de magnifiques yeux bleus. Pas ces yeux bleu clair auxquels on pense immédiatement. Non, des yeux couleur océan. Des yeux comme des sirènes. Des yeux qui envoûtaient les filles.

Ses cheveux châtains et étincelants les attiraient de loin, comme la promesse d'une île Seychelienne. Une fois à portée, son regard océanique les engloutissait.

Cette attraction fascinante lui réservait toujours les plus belles filles du collège. Il était comme une sorte de mage gracieux déployant d'irrésistibles sortilèges aux pouvoirs ensorcelants.

A chaque rentrée scolaire, il observait les nouveaux visages, à la recherche de la plus jolie fille : celle que tout le monde regarde et convoite secrètement, mais dont chacun sait qu'elle est inaccessible.

Mathieu, lui, savait qu'elle lui était acquise, comme une offrande à son charme divin. Mais il gardait toujours secrets ses desseins romanesques.

Un jour, à la sortie du collège, Mathieu et Jean bavardaient encore quelques instants après les cours, assis posément sur leur vélo. Tout à coup, la beauté de l'année apparut. Tous les regards se tournèrent vers elle. Les conversations alentours cessèrent. La leur également. Elle se dirigeait droit vers Mathieu. Au fur et à mesure de son approche, Jean finit par comprendre, médusé, que Mathieu était la cible de ce missile sublime : en arrivant à sa hauteur, elle l'embrassa avec la volupté terriblement sensuelle dont seules sont capables ces créatures merveilleuses.

A ce moment là, Jean se réduisit dans une douce violence à ce qu'il était : rien.

Il n'était plus qu'un type suspendu au guidon de son vélo, qui demeurait le seul lien lui permettant encore de ne pas être aspiré par le néant. Comme le ballon de l'enfant dont la mince ficelle reste l'ultime cordon l'empêchant d'être aspiré par le ciel. Il suffit alors que l'enfant lâche la ficelle, et le ballon disparait dans l'immensité.

C'est dans cet état qu'il se trouvât alors : perdu dans l'abîme de ce baiser torride qui se consumait à quelques centimètres de lui et qui l'irradiait de toute sa chaleur, comme la lave embraserait le vulcanologue aventuré trop près de la coulée en fusion.

Il lui fallut alors se ressaisir et s'éclipser discrètement, ses yeux et son cœur cruellement incendiés.

Les chemins de Jean et Mathieu avaient ensuite pris la même direction, du collège au Lycée.

Après le lycée, Mathieu avait fait des études de psychologie qui avaient fait de lui un psychologue, ce qui ajouta encore gravement à son pouvoir de séduction.

Il poursuivait ses romances esthétiques, qui ne duraient jamais très longtemps. L'amour se résumait pour lui à la beauté de la convoitise. Une fois satisfaite, il lui fallait trouver une femme plus belle encore. Il n'appréciait la beauté que de manière éphémère. Il se serait sans doute satisfait que ces belles n'aient d'existence qu'une seule nuit, comme certains papillons, ce qui aurait ajouté le mystique à la beauté.

Sa quête ne cessait jamais, car il existait toujours une femme dont la beauté surpassait celle de la précédente.

Jean, quant à lui, se contentait de s'offrir à celles qui voulaient bien de lui. Non pas qu'il manquait de charme, bien au contraire, il était plutôt séduisant. L'ennui, c'est qu'il ne savait pas séduire. Quand il repérait une femme qui lui plaisait, il la regardait avec une courageuse insistance, puis baissait immédiatement les yeux quand leurs regards se croisaient. Comme un œil téméraire se risquant à braver le soleil en face, et qui s'inclinerait à chaque fois devant l'intensité de l'étoile. Le manège doucereux pouvait se reproduire à plusieurs reprises, ce qui révélait l'attirance mutuelle.

Trois ou quatre tentatives manquées plus tard, la demoiselle finissait par se lasser. C'était normal. Elle n'allait pas passer sa soirée à faire de l'œil sans quelque chose de plus consistant en retour.

Ainsi, si elle restait campée sur son siège, la timidité du prétendant la maintenait hors de portée.

La seule chance alors pour que la pollinisation se réalise aurait été que la fleur brave les convenances et se déplace vers celui qui était censé venir la butiner.

Hélas, la plupart du temps, l'opération de séduction conservait une distance stérile : la parade ophtalmique se résumait à une œillade inféconde.

3

Un samedi, Mathieu l'appela pour le convier à une soirée.

Il était invité à un dîner par la beauté convoitée du moment, mais il devait se présenter accompagné, car la jeune demoiselle avait une amie pour laquelle il fallait un partenaire.

C'était ainsi que cela se déroulait généralement : Mathieu appelait Jean le samedi en fin d'après-midi, car il avait besoin de lui pour l'escorter dans une embuscade amoureuse.

Jean tentait toujours de se dérober, car il préférait de loin la paix de ses soirées solitaires. Il laissait donc sonner son téléphone, dans l'espoir vain que son ami renonce. Evidemment, cela n'arrivait jamais : Mathieu insistait avec une telle obstination que Jean finissait toujours par céder.

Une vingtaine de sonneries plus tard, Jean capitula et décrocha. Il savait très bien ce qui l'attendait mais tenta un baroud aussi inutile que désespéré :

— Oui, salut Mathieu. J'allais me coucher. Je suis vraiment fatigué, annonça-t-il aussitôt.

— A cinq heures de l'après-midi…

— J'ai eu une semaine difficile.

— Toi, une semaine difficile ?... Ecoute, j'ai besoin de toi. J'ai rencontré une fille superbe. Elle est espagnole. Elle est belle comme une poupée…

— Oui, comme toutes les autres…

— Non, vraiment. Il faut que tu viennes. Elle m'a invité à dîner ce soir. Le problème, c'est qu'elle a également invité son amie qui est seule. J'ai besoin de toi pour lui tenir compagnie. Je me suis engagé à lui trouver un beau cavalier... Elle est adorable. Tu ne le regretteras pas.

— Oh, tu sais, je ne souhaite pas trop m'encombrer d'une femme en ce moment, hasarda Jean, conscient que l'argument sonnait faux.

Les deux amis se connaissaient parfaitement. Tandis que Mathieu se rassasiait d'aventures fantasques, les épisodes amoureux de Jean s'apparentaient plutôt à de petites dégustations frugales. La plupart du temps, ses amourettes prenaient fin rapidement à l'initiative de la demoiselle, car il ne prenait pas vraiment part à l'histoire. Il se positionnait en observateur étranger. Un peu comme un ornithorynque qui se posterait en contrebas pour observer de loin l'oiseau niché sur la cime d'un haut conifère.

La riposte de Mathieu ne manqua pas :

— Oui, bien sûr. Toujours la même rengaine, ironisa-t-il. En tout cas, si tu ne viens pas, ça confirmera vraiment ce que je pense, ajouta-t-il ensuite simplement.

Comment ça, « ce que je pense » ? s'offusqua Jean intérieurement. Il percevait parfaitement la manipulation grossière, mais s'inquiétait tout de même de ce que ce séducteur machiavélique pouvait bien imaginer de lui. Que son ami s'intéresse soudain d'aussi près à sa vie sentimentale l'alarmait. Le sujet était sensible.

Au fond, l'amour lui paraissait plus agréable en pensée. Il préférait le rêver. Il imaginait des histoires comme on en voit dans les comédies romantiques. Là où la magie du premier baiser se porte comme la flamme olympique, dans un long périple symbolique, pour embraser en apothéose la vasque sacrée.

Pourtant, la manœuvre avait fait mouche.

— Comment ça ? Qu'est-ce que ça veut dire ? Et je peux savoir ce que tu penses exactement ? réagit Jean aussitôt.

— Non, non, je ne te le dirai pas. J'ai une théorie à ton sujet et je vais bien voir si elle se confirme.

— Une théorie ! C'est ridicule ! Quelle théorie ? Je me moque bien de ce que tu penses ! Et puis, tu n'as rien à penser de toute façon ! Je fais exactement ce qui me plaît ! D'ailleurs, je ne viendrai pas à cette soirée !

Jean feint donc d'être offensé. Il baliverna vainement, ânonna vaguement quelques incompréhensibles arguties. Mais l'escarmouche tourna court. Mathieu s'entêta. Jean céda.

En général, le séducteur obtenait toujours de son ami ce qu'il souhaitait.

4

Deux heures plus tard, Jean se présentait à l'adresse que lui avait donnée Mathieu. C'était une petite rue calme, dont toutes les maisons, de deux ou trois niveaux, étaient mitoyennes. Elles disposaient chacune d'une grille, en général basse, les séparant du trottoir. De l'autre côté de la grille se présentaient un petit jardin et une allée étroite qui menait à la maison, laquelle se trouvait un peu en retrait. Il repéra le véhicule de Mathieu stationné devant la maison portant le numéro indiqué. Son ami avait déjà pris position.

Il sonna. La porte s'ouvrit quelques instants plus tard, dévoilant une très jolie femme brune. Il supposa à raison qu'il s'agissait de l'amie de Mathieu. Elle n'était pas très grande. Elle avait de grands yeux verts, une silhouette fine, une jolie robe bleue mettant en valeur sa poitrine et son teint mat, qui intensifiait la couleur de ses yeux. Jean fut immédiatement charmé par la grâce de cette jeune femme. Evidemment, il n'en montra rien. Il resta simplement à la place qui lui était toujours assignée : celle de l'ami discret du charmeur.

La jeune femme - elle s'appelait Ana - le pria d'entrer.
Mathieu apparut alors, accueillant son ami avec un enthousiasme exagéré :
— Ah, mon Jean ! Viens, entre. Je vois que tu as fait connaissance d'Ana, expédia-t-il en désignant la

magnifique jeune femme. Je vais te présenter Nathalie. Tu vas voir, elle est craquante, lui chuchota-t-il ensuite à l'oreille.

Jean suivit son ami, qui profita de son opportune entrée en scène pour prendre Ana par la taille et l'escorter en position serrée jusqu'au salon.

Jean aperçut alors Nathalie. Elle n'était pas craquante du tout. Pour commencer, elle était immense. Il projeta immédiatement son regard du côté de ses chaussures afin de vérifier si cette hauteur résultait d'un artifice chaussier. Non. Elle portait de minuscules petites chaussures à talons plats, qui contrastaient d'ailleurs curieusement avec l'édifice. Cette hauteur était aussi brute que naturelle.

Jean n'était pas un grand homme, mais il savait prendre de la hauteur. Seulement, cette fois, il lui aurait fallu être perchiste pour parvenir à cette altitude.

Mais la hauteur n'était pas tout. Quand Jean eut achevé de considérer la taille de sa compagne du soir, il remarqua le visage qui était juché au sommet.

Elle n'était pas vilaine. Son visage était même relativement agréable. Ses cheveux noirs étaient coiffés au carré de manière assez soignée. Ses yeux marron reflétaient une frêle gentillesse.

Non, ce qui frappa Jean à ce moment là fut sa bouche, ou plus exactement, ce que contenait son orifice buccal. Son sourire était fait de demi-dents. C'est-à-dire que ses dents étaient de moitié la taille de dents normales. C'est comme si sa démesure avait dû être compensée par une réduction de quelque chose d'autre. Ses dents furent sacrifiées sur l'autel de sa surélévation. Cette semi-dentition donnait à ses gencives, qui elles, étaient de taille normale, une affreuse impression de surdimensionnement.

Bien que les femmes de grand format tendaient à perturber Jean - un complexe obscur dont l'analyste ferait aisément son fonds de commerce - il tenta de ne rien montrer de son embarras.

Les présentations d'usage furent accomplies. Jean eut préféré une poignée de main pour premier contact, qui aurait facilité la formalité.

Hélas, la haute femme prit l'initiative de lui faire la bise, quatre en l'occurrence, c'était là son tarif. Le malaise s'aggrava : la grandeur dut s'affaisser gauchement tandis que Jean fut obligé de se tenir sur la pointe de ses pieds, trop petits.

Il fut heureux qu'il n'ait pas eu besoin de se hisser davantage pour parvenir à la rencontre des joues à embrasser.

Ils s'exprimèrent poliment l'enchantement réciproque de cette charmante rencontre, puis se tournèrent hâtivement vers leur hôte afin de recevoir ses instructions, lesquelles tombèrent séance tenante : ils étaient conviés à passer à table. L'apéritif y était servi.

Mathieu s'installa aux côtés d'Ana. Par la force des choses, Jean fut donc placé en contrebas de la géante, son visage se retrouvant ridiculement positionné au niveau de son épaule dénudée. Elle portait une élégante robe dos-nu noire. On comprend pourquoi : vu la surface à vêtir de la haute demoiselle, l'économie de l'habillage du dos s'était imposée pour qu'il resta assez d'étoffe pour réaliser la robe entièrement.

Comme toujours lors de ces soirées destinées aux manœuvres de séduction du Casanova, celui-ci en orchestrait l'animation avec une maîtrise stratégique. Il déployait son charme avec une savante habileté. Sa puissante aura séductive lui octroyait une confiance naturelle propice aux envolées de toutes sortes : il évoquait de valorisants souvenirs, il électrisait l'ambiance de quelques histoires salaces, puis il saupoudrait le tout d'anecdotes croustillantes. Bref, il s'arrogeait l'intégralité du temps de parole avec une outrageante éloquence.

Cette situation arrangeait tout le monde, et plus particulièrement Jean, qui, durant ce temps, n'avait pas besoin d'investir le belvédère flanqué à sa droite.

Jean percevait néanmoins le regard appuyé et narquois de son ami, qui lui faisait bien sentir qu'il l'observait avec attention et qu'il entendait bien voir de quel manière il allait s'en sortir avec la jeune femme.
Le plus ennuyant dans l'histoire est que la belle espagnole arborait le même regard empreint de défi coquin. Manifestement, les deux tourtereaux étaient complices. Il ne manquait plus que ça. L'affaire se présentait mal.

Un choix délicat s'ouvrait alors à Jean : ou bien ignorer royalement le haut potentiel de cette Nathalie et faire fi du jugement de ces arrangeurs à la sauvette, ou se plier à l'abjecte manigance de son diable d'ami et s'attaquer à la montagne qu'on le mettait au défi de conquérir.

Cette pauvre Nathalie ne se doutait sans doute pas de ce qui se tramait à l'instant même dans l'esprit des protagonistes de ce dîner arrangé.

Le repas s'acheva dans cette tourmente intérieure qui nouait l'estomac de celui sur qui tout reposait désormais.

Ana proposa que le café soit pris au salon. Ce serait plus agréable, justifia-t-elle.

Le salon en question était agrémenté de deux canapés disposés face à face, séparés par une table basse de couleur acajou.

Evidemment, le couple en herbe s'empressa de s'installer sur le même canapé, ne laissant d'autre choix au non-couple que de s'installer sur l'autre.

Le café fut servi. Un disque de Nat King Cole fut lancé, conférant à l'atmosphère une dangereuse ambiance romantique.

Puis ce que Jean craignait arriva : Mathieu enlaça la créature céleste et l'entraîna dans un blues de baisers langoureux.

Nathalie la haute et Jean l'ordinaire, qui ne s'étaient pour ainsi dire pas adressés la parole de la soirée, se retrouvèrent ainsi comme deux étrangers perdus au milieu d'un désert dont chacun devenait soudain l'oasis de l'autre. Ils se regardèrent, puis se gratifièrent d'un sourire gêné. L'incongruité obsédante de la scène ne leur échappait pas.

La situation se compliquait.

Embarrassé, Jean laissa errer son regard dans la pièce. Il s'arrêta sur une reproduction d'un tableau de Marc Chagall, *La mariée,* comme si cette contemplation attentive l'exemptait de se préoccuper de cette Nathalie, qui, visiblement nerveuse, attendait manifestement qu'il se passe enfin quelque chose.

Troublé et intrigué par cette œuvre surprenante, il y resta suspendu un moment.

Puis il décida qu'ils n'allaient tout de même pas passer le reste de la soirée à observer les roucoulades passionnées de ces deux hôtes dépourvus de savoir-vivre. Il fallait en finir.

Alors, excédé par cette situation grotesque, Jean se tourna vers la hauteur, en apprécia le sommet puis entrepris de s'y hisser avec énergie. Arrivé à niveau, il l'embrassa sans autre formalité.

Voilà, c'était fait. Il avait prouvé à son ami qu'il n'avait aucune difficulté avec les femmes.

Finalement, ce fut moins désagréable qu'il ne l'avait craint. Ses lèvres étaient douces. Il devait juste faire l'effort de ne pas penser à l'étrange rangée de dents naines qui se trouvait derrière ce baiser légèrement sucré.

Au bout d'un moment, les embrassades cessèrent. Tout le monde semblait heureux.

A l'exception de Jean, qui une fois de plus, avait flanché face aux manipulations grossières de son ami et qui se retrouvait désormais affublé d'une petite amie bien trop grande pour lui, dont il se demandait ce qu'il allait bien pouvoir faire….

5

Deux jours plus tard, Jean se résolut à annoncer à Nathalie qu'il avait bien réfléchi, qu'elle était une fille hors du commun, mais que lui, justement, était bien trop commun pour elle, que cette soirée avait été spéciale, mais qu'il fallait en préserver la beauté sans pareille en lui conservant son unicité. Bref, il se défila lamentablement de cette relation, vilement agencée par son cupidonesque ami.

La douce ingénue en fut plus affectée qu'il ne l'avait supposé, ce qui redoubla son propre accablement et l'amena à maudire encore plus sévèrement Mathieu de cette affreuse mascarade.

Elle sanglota, l'émailla de quelques épithètes peu reluisantes, puis raccrocha sèchement, lui signifiant magistralement qu'il était un infâme goujat.

En effet, la manœuvre avait été téléphonique. L'appareil de rupture à distance avait consacré la lâcheté de son évasion : Jean n'avait pas eu le courage de s'exposer en personne pour éconduire sa furtive dulcinée.

Après coup, Jean pensa que c'était tout de même beaucoup d'effusions pour une histoire aussi courte. Deux jours, c'est trop peu pour s'attacher ou s'éprendre vraiment. C'était peut-être ça justement : la brièveté consacrait le drame. Les histoires d'amour les plus douloureuses seraient celles qui sont ou trop courtes ou trop longues. Comme toutes choses, il faut savoir se soustraire au bon moment.

Quelques semaines passèrent.

De son côté, Mathieu poursuivait son idylle avec Ana.

Jean était très étonné que cette aventure-là se prolonge aussi longtemps. En général, les amourettes de Mathieu ne duraient pas plus d'une semaine. Il semblait plus épris de cette beauté espagnole qu'il ne l'était habituellement.

Il arrivait, de temps à autre, qu'ils passent tous les trois une soirée ensemble, ce qui était toujours très agréable. Mais Jean, quant à lui, avait retrouvé sa vie tranquille.

Un soir, c'était encore un samedi, Jean s'apprêtait à passer une soirée comme il les aimait : seul. Il était passé chez son traiteur chinois favori et s'était concocté un menu agrémenté de différentes spécialités. Il avait ensuite prévu de regarder le dernier film de Léonardo Di Caprio. Il aimait cet acteur au charisme fragile et à la force fébrile. Il trouvait qu'il se dégageait de cet homme aux allures frêles, une puissance étonnante, un Clark Kent dissimulant sous son costume classique, la combinaison flamboyante de Superman.

C'est alors qu'on sonna à sa porte. Il se demanda qui pouvait bien venir le déranger. Il ne recevait jamais de visites impromptues. Il s'approcha sans bruit de la porte d'entrée, envisageant fermement d'ignorer la sollicitation. Il colla son œil inquiet sur le judas.

C'était Ana.

Que faisait-elle ici ?

Mathieu devait certainement être responsable de cette visite.

Souvent, les passades de Mathieu finissaient mal, en défaveur de la demoiselle. Il arrivait parfois que l'amoureuse éconduite vienne trouver Jean pour tenter d'obtenir par son intermédiaire un revirement de situation inespéré ou simplement pour avoir des explications. Les très belles femmes ont moins l'habitude que les autres d'être rejetées. Il leur est alors vital de comprendre l'inimaginable répulsion dont elles sont victimes, souvent, pour la première fois de leur existence. A défaut, si aucun motif étranger à leur délicieuse personne ne vient justifier l'horreur de cet affront, leur délicate beauté risque fort de se faner.

Jean ouvrit la porte. La mine déconfite d'Ana lui confirma cette hypothèse. Son air triste et penaud pleurait son infortune. Mathieu avait vraisemblablement mis un terme à leur liaison.

Il accueillit comme il se dut cette visite de détresse :

— Ana…? Mais qu'est ce qui se passe ? Ça n'a pas l'air d'aller…

— Non pas vraiment. Je suis désolée de te déranger… J'ai besoin de parler à quelqu'un.

— Non, tu ne me déranges pas, mentit Jean, bien que d'une certaine façon, sa visite ne lui était pas si désagréable.

La plupart des beautés séduites par Mathieu étaient ennuyeuses et épuisantes.

Souvent, les très belles femmes, en tout cas celles constituant les trophées de Mathieu, dédiaient une véritable vénération à leur physique divin. En somme, leur beauté était comme un Dieu auquel elles vouaient une dévotion quasi-religieuse. Le reniement infligé par l'hérésiarque était un blasphème intolérable. Les madones se montraient alors affreusement belliqueuses, se refusant d'admettre un tel sacrilège.

Et puis, les seuls critères de sélection des conquêtes de Mathieu se résumant au sublime de leur apparence, il négligeait le reste. Ainsi, le reste pouvait très bien se réduire à pas grand-chose, ce qui garantissait de grands moments d'ennuis dans la vie éphémère de leur relation et d'affreuses et pathétiques gesticulations à leur issue.

Ana était très différente de ses autres conquêtes. Elle n'était pas seulement une très belle femme. Elle était douce, intelligente, sensible, elle s'intéressait sincèrement aux autres. Elle n'était pas obnubilée par son physique, qui paraissait au contraire être plutôt un fardeau difficile à porter.

— Viens, entre ! l'enjoignit Jean tout en ouvrant plus largement la porte. Justement, je devais dîner avec un ami qui vient de m'appeler pour me dire qu'il ne viendrait pas. Il est malade.

Jean se maudit aussitôt de ce mensonge idiot. Pourquoi lui avait-il dit cela ? Sans doute lui parut-il soudain honteux d'être seul un samedi soir. Il aurait pu lui dire que c'était ce qu'il préférait, tout simplement. Seulement, il aurait risqué de la gêner davantage ou même, prise d'un soudain sursaut de dignité féminine, de la voir repartir, soucieuse de ne pas le déranger.

Elle entra sans se faire prier. Visiblement, elle avait vraiment besoin de parler. Et l'ami de l'homme qui était la cause de ses tourments semblait être la meilleure oreille à ses suppliques.

Elle était vêtue d'un haut noir débordant légèrement sur un jean parfaitement ajusté. La simplicité de ses vêtements ne soustrayait rien à sa beauté. Jean ressentit à ce moment un frisson curieux, comme un souffle tiède pénétrant ses vêtements à la manière d'une brise de mer, mais dont les effets le réchauffèrent agréablement.

Il se dit alors que cette femme était cruellement attirante.

L'appartement de Jean se situait dans un vieil immeuble datant du 19ème siècle, composé d'une grande pièce principale faisant office de salon et de salle à manger. Son agencement ne correspondait pas à ce que l'on aurait pu attendre d'un homme célibataire aux tendances taciturnes. Au contraire, la pièce était meublée avec goût. Il faut dire que Jean y passait l'essentiel de son temps libre. Il l'avait donc aménagée pour qu'elle soit agréable à vivre. Un grand canapé d'angle en cuir blanc dominait le coin salon. Un téléviseur au design soigné était sobrement installé en face, sur un élégant meuble bas. De l'autre côté, une luxueuse bibliothèque de style antique couvrait une bonne partie du mur.

La salle à manger était également meublé avec goût : une imposante table aux allures médiévales contrastait judicieusement avec le caractère moderne du canapé. L'ensemble était agrémenté de quelques objets de décoration originaux. Il possédait notamment une magnifique sculpture en bronze représentant un ange, dont il se plaisait à contempler chaque jour l'admirable impression de bonté et de sérénité se dégageant de son visage.

Il l'invita à s'installer et lui proposa un verre de Martini Blanc, qui était de toute façon le seul alcool dont il disposait. Elle accepta d'un mouvement de tête un peu trop empressé, qu'elle tenta aussitôt de rattraper d'un sourire navré, pour compenser sa faiblesse à accepter aussi promptement ce verre aux promesses d'apaisement, mais signifiant aussi que vu les circonstances, un peu d'alcool lui ferait le plus grand bien.

Il hésita un instant avant de s'installer à son tour. Il ne devait pas s'asseoir trop près d'elle. C'eut été peut-être lui donner l'impression qu'il envisageait de profiter de la situation pour lui proposer une consolation un peu trop enveloppée. Il ne devait pas non plus s'asseoir trop loin. Une trop grande distance aurait pu s'interpréter comme un désintérêt. Il choisit donc de s'installer à une distance calculée à l'intermédiaire de ces deux positions. Assez près pour ne pas être trop loin. Assez loin pour ne pas être trop près. Il se positionna de telle manière qu'il ne pouvait la toucher sans être obligé de se pencher exagérément. C'était parfait.

Elle lui relata sans attendre ce qui expliquait sa présence ici, mais que Jean avait déjà deviné : Mathieu s'était rapidement détourné d'elle, portant irrésistiblement son regard vers d'autres pâturages. Alors qu'elle, développait de vrais sentiments à son égard et attendait davantage de leur relation.

Ses attentes devenant de plus en plus pressantes, une dispute avait fini par éclater et Mathieu s'était braqué, puis lâchement dérobé en lui signifiant qu'il était préférable que les choses en restassent là.

Jean l'écouta bien plus attentivement qu'il ne le faisait habituellement. Il était empreint d'un sentiment aigre-doux. Il compatissait sincèrement à sa peine, mais dans le même temps, il lui était agréable qu'elle soit venue le trouver pour se confier à lui. Il sentait grandir en lui le désir que cette femme puisse un jour nourrir de tels sentiments à son égard. Il lui sembla soudain injuste que Mathieu, coupable d'aussi piètres dérobades, fasse l'objet d'une aussi belle attention.

Au bout d'un moment, il cessa de l'écouter. Il admirait ses lèvres, qui l'envoûtaient véritablement. Il les trouvait parfaites : ni trop fines, ni trop épaisses. Leur contour était un dessin d'une finesse exquise. Leur pulpe était idéale. Il n'avait jamais vu de lèvres aussi sensuelles. Il aurait voulu les embrasser. Là, immédiatement. Dans un baiser sans fin et s'y perdre entièrement.

Il finit par reprendre ses esprits, quand il réalisa qu'elle l'observait étrangement.

— Jean ? Ça va ? s'inquiéta-t-elle subitement. J'ai l'impression que tu as eu une absence. Je suis désolée. Je n'en finis plus de me lamenter…

— Non, non, répondit-il sincèrement. J'étais suspendu à tes lèvres… Je suis désolé pour toi. C'est toujours… difficile avec Mathieu. Il est comme ça. Il a besoin de son autonomie. Je ne l'ai jamais vu s'engager avec une femme.

— Oui, je l'ai compris. Un peu tard, même si j'ai espéré naïvement qu'avec moi, ce serait différent.

— Je suis vraiment désolé…, répéta Jean, ne sachant trop quoi dire d'autre, et se trouvant de plus en plus affecté par la tristesse de la belle espagnole.

A ces mots, Ana baissa la tête, par pudeur, ne souhaitant pas laisser percevoir le voile de larmes qui venait de lui couvrir les yeux. Elle se ressaisit aussitôt en reprenant la conversation sur un aspect moins sensible :

— Vous vous connaissez depuis longtemps ? demanda-t-elle dans un effort manifeste pour paraître moins éprouvée.

— Oui… Depuis le collège.

Jean lui raconta l'histoire de leur amitié singulière, qui s'était curieusement maintenue au fil des années, alors que leurs différences laissaient présager que leurs routes se sépareraient à l'issue du lycée. Il tenta de la distraire en évoquant quelques souvenirs amusants. Il parvint à la faire sourire quelques fois. Il lui parla longuement de Mathieu, le décrivant honnêtement tel qu'il le connaissait, ou tout au moins, tel qu'il le percevait. Cela fit beaucoup de bien à Ana, qui, d'une certaine manière se consola en comprenant mieux qui était cet homme dont elle n'avait finalement exploré que les abords.

Elle prit conscience que Mathieu n'était sans doute pas l'homme dont elle rêvait.

De son côté, elle se surprit à se confier à Jean sur des sujets qu'elle n'abordait que très rarement. Elle lui retraça l'émigration de ses parents, qui avaient fui le régime franquiste dans les années 70, leur arrivée en France, et la manière dont ils avaient dû se plier aux exigences complexes de cette terre d'asile, pour parvenir à s'y intégrer.

Elle était née en France et n'avait donc pas connu son pays d'origine.

Elle lui apprit que ses parents étaient décédés quelques années auparavant, dans un accident de voiture, la laissant sans aucune famille en France.

Elle était fille unique et son père l'avait toujours traité comme une princesse. Et comme beaucoup de femmes dans ce cas là, elle rêvait de rencontrer une sorte de prince charmant qui saurait se montrer exclusif et attentionné, comme l'avait été son père.

« Je suis une irrécupérable romantique», conclut-elle finalement, alors qu'elle réalisait qu'il était déjà plus de deux heures du matin et qu'il était temps qu'elle rentre chez elle.

Elle le remercia chaleureusement. Elle allait visiblement mieux. Cette soirée passée avec Jean lui avait fait beaucoup de bien. Elle y voyait plus clair, lui dit-elle simplement, d'une manière qui était aussi une façon de lui exprimer sa reconnaissance.

En quelque sorte, il l'avait assainie. Comme si elle était passée par le filtre purifiant de l'attention généreuse de son confident.

Jean la raccompagna jusqu'à la porte d'entrée, puis la regarda s'éloigner lentement avec un pincement au cœur, se demandant s'il la reverrait un jour. Elle allait emprunter les escaliers et disparaître, quand elle s'arrêta soudain. Elle se retourna vers Jean, d'un air curieux, comme si elle était prise d'un doute, puis fit demi-tour et revint vers lui plus rapidement. Jean se dit qu'elle avait probablement oublié quelque chose, ce dont il s'apprêtait à s'enquérir lorsqu'elle arriva à sa hauteur, mais il n'en eut pas le temps. Elle lui saisit le visage de ses deux mains et l'attira vers elle. Elle l'embrassa alors longuement, avec une incroyable sensualité. Ses lèvres étaient encore plus douces qu'il ne l'avait imaginé. Elles étaient chaudes et légèrement humides, avec un léger goût de framboise. Au bout d'un moment qui lui parut avoir été une vie dans sa vie, et qui venait de se graver à jamais dans son esprit, elle recula, le regarda un instant dans les yeux, profondément, d'un regard qui semblait dire merci, mais sans prononcer le moindre mot. Puis elle s'éloigna sans un bruit et disparut.

Jean demeura un instant sur le seuil de sa porte d'entrée, interdit, ne parvenant à réaliser ni à comprendre ce qui venait de se produire. C'était comme si sa vie venait subitement de se mettre sur pause. D'une certaine manière, il était en état de choc. Il restait suspendu comme le temps pourrait l'être dans une œuvre de science-fiction ou à la manière dont le serait un homme venant de subir un violent traumatisme. Car ce baiser était bien un traumatisme, dont les lésions se situaient au cœur de son cœur, cet endroit que les chirurgiens n'ont jamais découvert mais dont on parle quand il est question d'amour.

Jean comprit à cet instant qu'il venait de tomber subitement et violement amoureux de cette femme.

Cela lui parut impensable sur le moment, mais il dut bien se rendre à l'évidence. L'expression était à prendre au pied de la lettre : il avait rendu les armes sans combattre et la totalité de sa personne ordinaire avait abdiqué face à cette évidence. Cette fille avait envahi et conquis son cœur en un éclair. Elle venait de transcender la Blitzkrieg : une seule soirée lui avait suffi pour réussir cette invasion. Une soirée et un baiser, qui s'étaient révélés aussi redoutables qu'une division de Pantzer.

Mille pensées se mirent à tourbillonner rageusement dans son esprit bouleversé. Pourquoi ce baiser ? Mais pourquoi ? Il exprimait probablement sa reconnaissance de l'avoir écoutée sincèrement et de l'avoir aidée à aller mieux. Comme un cadeau qu'elle lui aurait offert spontanément.

Pourtant, il ne pouvait se résoudre à une telle conclusion, qui aurait signifié que ce baiser était unique, que jamais plus il ne vivrait un instant aussi magique.

Mais était-il envisageable qu'il puisse signifier autre chose ?

Cette tension lui était insoutenable : il lui était impossible de continuer à vivre comme si ce baiser n'avait pas existé. Mais dans le même temps, il ne pouvait raisonnablement espérer autre chose. C'était insensé, se disait-il. Comment une femme aussi exceptionnelle pourrait-elle éprouver de l'attirance pour un homme aussi ordinaire ?

Il se trouvait comme le serait un mathématicien touché d'un éclair de génie, qui aurait soudainement eu la vision de l'équation mystique, celle qui régit les lois de l'univers, mais dont l'étincelle se serait éteinte aussitôt, le laissant au dépourvu.

Au bout d'un instant, Jean se dépétrifia. Il referma la porte d'entrée et regagna son salon dans une sorte d'hébétude, comme un être placé sous l'emprise d'un puissant neuroleptique empruntant un chemin au hasard. Il se servit un grand verre de Martini et s'installa mécaniquement dans son canapé.

Il resta ainsi de longues minutes, avalant par petites gorgées son verre d'alcool, qui diffusait en lui ses bienfaits apaisants et embrouillait langoureusement son esprit, mais agissant aussi comme une sorte de philtre ensorcelant.

Ana… Ce prénom résonnait désormais en lui comme celui d'une tempête tropicale, ce qu'elle avait été en définitive. Cette fille l'avait traversé sans prévenir et l'avait dévasté, le laissant après son passage à contempler avec stupeur l'immense étendue retournée de sa vie.

6

Cette nuit là, Jean dormit très peu.

Ses rêves furent un ballet entremêlé d'Ana et de son baiser envoûtant. Comme un film perdu dans un labyrinthe, dont les mêmes scènes se rejouaient sans cesse et de manière totalement désordonnée. Un film dont le scénario butait confusément sur le même chapitre sans trouver d'issue et dont cette soirée langoureuse passée avec elle constituait l'intrigue.

A son réveil, il eut beaucoup de mal à se convaincre que tout cela avait bien eu lieu. Il avait néanmoins repris ses esprits et retrouvé une partie de sa lucidité. Il se prépara un café serré et s'installa calmement dans son canapé pour tenter de remettre de l'ordre dans ses idées, restaurer la cohérence de ses pensées. Il reconsidéra donc calmement les évènements, comme un joueur de cartes repositionnant chacune d'elles dans le bon ordre, pour s'assurer que le jeu était bien complet.

La situation était la suivante : Ana et Mathieu avaient rompu. Ana en était affectée, mais paraissait devoir s'en remettre assez rapidement. Elle avait réalisé que Mathieu n'était pas fait pour elle. Elle avait ensuite embrassé Jean.

Jean ne pouvait oublier ce baiser. C'était inconcevable. Il devait donc la revoir. Il fallait qu'il sache ce qu'il représentait pour elle, qu'il sache s'il pouvait espérer autre chose, ou s'il devait considérer ce baiser comme une sorte… d'accident ; qui, comme tout accident, serait survenu sans prévenir et aurait rompu le déroulement normal du temps. Un accident qui se serait imposé sans politesse et qu'il devrait finir par accepter comme tel. Tôt ou tard.

Mais avant cela, il devait impérativement parler à Mathieu. Il fallait qu'il lui dise ce qu'il ressentait pour Ana, que les choses soient claires entre eux. Leur amitié lui imposait l'honnêteté de cette démarche. Cette étape délicate était incontournable avant d'envisager de revoir Ana.

Ne pouvant attendre plus longtemps, il décida d'aller voir son ami sur-le-champ.

Une heure plus tard, Jean déboula chez Mathieu et sonna jusqu'à ce qu'il lui ouvre la porte. C'était un dimanche. Habituellement, Mathieu en profitait pour dormir très tard.
— Jean ? Mais qu'est-ce que tu fais ici à cette heure-là ? Tu m'as réveillé ! J'espère que c'est important…
— Oui, c'est important Mathieu. J'ai besoin de te parler, le coupa Jean sans sourciller.
Mathieu le regarda avec étonnement, se demandant bien ce qui pouvait arriver à cet homme à qui il n'arrivait jamais rien. Depuis qu'il le connaissait, il ne se souvenait pas qu'il lui soit arrivé quoi que ce soit. Il n'avait jamais de nouvelle importante à annoncer. Aucun événement ne venait jamais brusquer le cours de

sa vie. Sa vie était une routine immuable qui s'écoulait silencieusement, ou plutôt, qui ne s'écoulait pas. Sa vie donnait plutôt l'impression d'être immobile, figée, comme un bloc de granit posé à un endroit dont on savait à l'avance qu'il serait toujours là, dans la même position, plusieurs siècles plus tard.

Que Jean débarque ainsi un dimanche matin, sans prévenir et dans un tel état d'affolement lui paraissait tout bonnement inconcevable. Il n'aurait pas été plus stupéfait de voir soudain surgir dans son salon un cochon vêtu d'un costume de Zorro, affligé d'un air menaçant sous son masque noir, et brandir une épée pour lui lacérer la chemise d'un large Z.

Aussi, et alors que Mathieu se dirigeait vers la cuisine pour préparer du café, il s'arrêta net. Il examina Jean avec attention, comme pour jauger du degré de gravité de la situation par la mine affichée de son ami. Puis après un instant d'hésitation, il se ravisa et l'invita à s'asseoir calmement au salon.

Une fois installés, Mathieu l'interrogea aussitôt :
— Mais qu'est-ce qui t'arrive enfin ? Tu as l'air... bouleversé.
— C'est à propos d'Ana. Elle est passée me voir hier soir...
A ces mots, Mathieu parut immédiatement soulagé, pensant comprendre de quoi il s'agissait et considérant qu'il n'y avait finalement rien de grave. Ce n'était pas la première fois que suite à une rupture avec l'une de ses conquêtes, la demoiselle éconduite se précipite chez son ami pour le supplier de jouer l'émissaire d'une tentative de renouement.

C'est pourquoi Mathieu l'interrompit aussitôt.

— Ecoute, je sais… Nous nous sommes disputés et je lui ai dit des choses… qui ont dépassé mes pensées. Je crois qu'avec elle, c'est différent. J'y ai repensé toute la nuit. Je tiens à cette fille. Ne t'en fais pas, j'ai décidé de la rappeler, de lui demander de me pardonner. Tu vois, cette fois, c'est différent. C'est peut-être un tournant dans ma vie. Tu n'as pas besoin de me sermonner… C'est bien ce que tu étais venu faire, n'est-ce pas ?

A ces mots, Jean resta sans voix. Il se trouva soudain vidé de toute substance, comme s'il venait d'être totalement aspiré de l'intérieur et qu'il ne restait plus de lui qu'une fine peau n'enveloppant plus rien d'autre qu'un grand vide. A la manière dont une plante carnivore aurait vidé sa proie de toute sa chair, et dont il ne subsisterait plus que la carapace. Sauf que l'opération se réalisa de façon fulgurante.

Il n'avait pas imaginé un seul instant que les choses prendraient cette tournure.

Au bout de quelques secondes qui consacrèrent sa dissolution corporelle, Jean ne parvint qu'à balbutier faiblement :

— Oui, c'est ça… Je suis désolé de t'avoir dérangé… Je vais te laisser. Je dois rentrer maintenant…

— Mais non, reste ! Ce n'est pas grave, répliqua aussitôt Mathieu, désolé que son ami se soit autant impliqué dans son histoire avec Ana. Il lui semblait s'être exagérément investi cette fois-ci, ce qui inquiéta Mathieu, car il ne l'avait jamais vu ainsi. Je vais nous préparer un café, ajouta-t-il avec un ton légèrement plus enjoué que nécessaire. Tu vas me raconter ce qu'elle t'a dit exactement.

Mais Jean s'était déjà levé et regagnait précipitamment la sortie après avoir salué distraitement son ami, qui l'observa s'éclipser avec étonnement, se demandant décidément ce qui lui arrivait ce matin.

Il ne sut jamais quel était le véritable motif de sa visite.

Jean sortit hagard de l'appartement de son ami. En traversant la route pour rejoindre son véhicule, il ne vit pas la fourgonnette qui se dirigeait droit vers lui. Le chauffeur de la fourgonnette, occupé à manipuler son téléphone portable, ne le vit pas non plus.

Dans le silence de ce dimanche matin, Mathieu entendit simplement le choc du véhicule qui percuta violemment son ami.

7

— Monsieur Delange…? Vous m'entendez…? Monsieur Delange…!

Cette voix qui résonnait au loin, comme un écho ricochant faiblement dans une vallée voisine, était celle de l'infirmière de garde de l'hôpital Saint-Exupéry.

Il était près de trois heures du matin.

Jean venait de se réveiller.

Il perçut vaguement une ombre s'animer : c'était l'infirmière qui sortait aussi promptement que sa lourde silhouette le lui permettait pour appeler le médecin de garde.

Puis il se rendormit aussitôt.

Quelques heures plus tard, lorsqu'il rouvrit les yeux, dans la matinée, sa vision était plus nette. Un homme en blouse blanche l'examinait. Il était assez grand. Le sommet de son crâne était dégarni. Subsistait une mince couronne de cheveux blancs, cerclant l'arrière de sa tête, d'une oreille à l'autre. Son visage, comme son corps, étaient affreusement maigres, ce qui faisait ressortir étrangement ses veines. Il devait avoir une cinquantaine d'années.

L'homme se pencha légèrement vers Jean et l'interrogea d'une voix douce :

— Monsieur Delange… Vous m'entendez…?

Jean eut besoin d'un instant pour parvenir à se concentrer, puis répondit faiblement :

— Où suis-je ? Que s'est-il passé ? Qui êtes-vous ?

— Je suis le Docteur Liever. Vous êtes à l'hôpital Saint-Exupéry. Vous avez eu un accident. Vous avez été renversé par une camionnette en sortant de chez votre ami. Vous vous en souvenez ?

Jean ne se souvenait de rien. Son dernier souvenir remontait au moment où il était sorti de chez Mathieu.

Il examina mentalement son corps, à la recherche d'une douleur éventuelle, ou d'un signe qui lui aurait indiqué l'existence d'une blessure, mais il ne ressentit rien de particulier.

Il s'enquit donc auprès du médecin :

— Ai-je été blessé ?

— Oui. Vous avez subi plusieurs fractures et de multiples contusions, mais tout cela est aujourd'hui rentré dans l'ordre.

Aujourd'hui rentré dans l'ordre ? se répéta intérieurement Jean. Cette réponse le surprit fortement. Une fracture ne se résorbe pas aussi facilement.

— Rentré dans l'ordre ? demanda Jean. Que voulez-vous dire par « rentré dans l'ordre » ? Je ne suis pas plâtré, ajouta-t-il, après s'être redressé et avoir vainement recherché la présence de plâtres sur son corps.

— Vous avez également subi un très grave traumatisme crânien, répondit le médecin, embarrassé.

Jean ne réagit pas. Il attendit la suite avec un mauvais pressentiment, comprenant que ce nouvel énoncé préfigurait quelque chose de plus préoccupant. Le médecin reprit sur le même ton :

— La violence du choc a occasionné une commotion cérébrale très grave, qui a provoqué un profond coma.

— Un coma ? interrogea Jean avec un peu plus d'empressement.

La gêne du médecin s'accentua perceptiblement, comme s'il avait été responsable du mal en question et qu'il s'apprêtait à avouer ses méfaits à une autorité supérieure. Dans le même temps, comme un jeu de vases communicants, son assurance déclina nettement.

Tout cela n'échappa pas à Jean, qui, lui, curieusement, ne s'alarmait pas. Il se sentait au contraire étrangement calme, comme s'il était question du traumatisme subi par quelqu'un d'autre que lui. A la manière dont un spécialiste d'une brigade spéciale se présenterait sur les lieux d'un crime et qui, après s'être fait brièvement présenter les éléments principaux de la situation, prendrait alors les choses en main avec un infini charisme.

— Oui, répondit le médecin. Votre coma a duré plusieurs mois…

— Plusieurs mois, répéta Jean, d'un ton que l'on aurait supposé interrogatif, mais qui ne l'était pas vraiment.

— Oui. Neuf mois exactement, se crut toutefois enjoint à préciser le médecin.

Neuf mois… Jean intégra cette information en silence, avec ce même détachement étrange et inapproprié. Quelques secondes passèrent durant lesquelles le médecin observait Jean avec une intensité inquiète, s'attendant probablement à une réaction vive ou désespérée. Mais Jean l'interrogea simplement :

— Y-a-t-il autre chose ? Ai-je des séquelles ?

— Non, s'empressa de répondre le médecin, soulagé que l'interrogation se porte aussi facilement sur l'aspect le plus favorable de la situation. Il ajouta cependant aussitôt :

— Toutefois, nous devons réaliser des examens complémentaires afin de vérifier que vos facultés intellectuelles sont… intactes. Je me dois de vous préciser que votre réveil est… je n'aime pas le terme qui convient mal au médecin que je suis, mais, disons,… miraculeux.

— Miraculeux, répéta à nouveau Jean, sur le même ton qui se refusait toujours à prendre vie.

— Tout au moins, reprit le médecin - conscient que le terme employé ne trouvait pas sa place dans un hôpital - inexplicable… Votre cas était considéré comme sans espoir. Nous avions renoncé depuis plusieurs mois à ce que vous vous réveilliez un jour.

Jean considéra le médecin, qui lui parut soudain perdu dans sa blouse trop grande. Jean lui trouva un air idiot. Il ne comprenait pas pourquoi ce médecin affichait cet air coupable. Il n'était pas responsable de cet accident, ni de ses conséquences. Jean ne put s'empêcher de l'harponner soudain :

— Pourquoi prenez-vous cet air ?

— … Quel air ? interrogea à son tour le médecin après un instant d'hésitation, surpris par cette question aussi directe que surprenante.

— Vous avez l'air d'un jeune renard surpris dans l'enclos d'un poulailler. Que me cachez-vous ?

A cette réplique, le médecin prit aussitôt la couleur rouge vif d'un poivron trop mûr. La nuance s'intensifia quand il perçut que l'infirmière qui se trouvait derrière et qui n'avait rien perdu de la réplique, gloussait dans sa blouse, ne parvenant à réprimer un fou-rire fort mal venu.

Le poivron se retourna pour jeter un regard sévère à l'infirmière qui, empourprée par son fou-rire, avait bien du mal à se contenir, puis reprit position vers Jean.

— Et bien, il y a en effet quelque chose… commença prudemment le médecin, avec un peu trop d'hésitation.

— Ecoutez, Docteur Pivert, entreprit Jean.

— Docteur *Liever*, *l-i-e-v-e-r,* mais cela se prononce *livère,* le reprit aussitôt le médecin.

— Pardon, Docteur Liever,… Je me sens parfaitement bien. Alors, je veux savoir ce que j'ai exactement.

Le médecin s'empourpra davantage, rendant par là-même le contraste avec sa blouse blanche encore plus marqué. Il faisait maintenant penser à un dindon blanc fièrement affublé d'une éclatante collerette rouge.

Il tenta de reprendre contenance, et entreprit de s'acquitter de l'explication attendue, de la manière la plus professionnelle dont il était capable en cet instant :

— En fait, votre électroencéphalogramme présente un tracé, disons,… atypique.

— Atypique ? interrogea cette fois Jean, curieux de ce que le Docteur Liever entendait par atypique.

— Oui, nous avons relevé que votre cerveau émettait à l'état de veille, des ondes delta. Or, les ondes delta ne sont en principe émises par le cerveau qu'en phase de sommeil profond.

— Ce qui signifie…?

— Eh bien, cela ne constitue pas à proprement parler une pathologie. Nous ne pensons pas non plus que cela puisse avoir des répercussions négatives sur votre état de santé. C'est simplement… inexplicable, conclut le médecin avec une moue accompagnant son étonnement.

Jean apprécia le médecin afin d'évaluer si l'exposé qui venait de lui être fait avait été minimisé ou édulcoré en vue de le ménager. Cela ne semblait pas être le cas. Il perçut que le médecin jouait franc-jeu.

— Et que pensez-vous que cela implique, Docteur Pivert,… euh Liever ?

— Eh bien, très sincèrement, je n'en ai pas la moindre idée, répondit honnêtement le médecin. J'ai bien entendu consulté mes confrères neurologues. Ils ne comprennent pas non plus. Nous n'avons aucune explication concernant les particularités présentées par votre électroencéphalogramme, conclut-il finalement d'un ton qui se tentait définitif et qui espérait par là-même convaincre son interlocuteur qu'il était inutile de lui en demander davantage.

— Autre chose ?

— Non, tout le reste est parfaitement normal, répondit le médecin, comme si cela le surprenait tout autant.

— Et pensez-vous que la courbe… atypique de mon électroencéphalogramme explique mon réveil tout aussi inexplicable ? demanda Jean.

— C'est possible. Mais, rien ne permet de l'affirmer. Nous allons réaliser des examens complémentaires. Peut-être que ceux-ci nous permettront d'y voir plus clair.

Jean réfléchit un instant silencieusement, essayant d'analyser les implications de ce qui venait de lui être appris. Puis se tournant alors vers le médecin, lui signifia de manière péremptoire :

— Très bien. Je voudrais être un peu seul à présent. Auriez-vous l'amabilité de me laisser ?

Cette fois, le médecin s'assombrit. Il n'avait pas l'habitude d'être ainsi congédié par un patient. Mais il ne protesta pas. Il opina sans rien dire et prit la direction de la sortie, emmenant derrière lui l'infirmière qui le suivit en observant curieusement Jean. Son regard donnait une impression de perplexité mêlée de curiosité. Un regard que l'on aurait certainement pu comparer à celui d'un explorateur s'approchant d'une île aux allures mystérieuses : un regard empreint d'agitation et d'appréhension.

Ce regard n'échappa pas à Jean, qui s'interrogea secrètement sur sa signification. Il y avait eu quelque chose dans sa manière de le regarder qui l'intriguait, sans qu'il ait été capable d'expliquer pourquoi.

Il songea alors que ce médecin ne lui avait peut-être pas tout dit.

Jean resta ainsi un moment, les yeux fixes, silencieux, comme un athlète dans la phase ultime de sa concentration.

Ce qu'il venait d'apprendre était inouï. Il avait eu un très grave accident dont il n'avait aucun souvenir et venait de passer les neuf derniers mois dans un profond coma. Et tout cela s'était passé sans qu'il n'ait eu conscience de quoi que ce soit. Ces évènements se résumaient pour lui à une longue nuit de sommeil dont il se réveillait simplement, sans séquelle, sans douleur.

Comme un étranger à l'évènement. Il aurait pu dire que la seule anomalie visible à ses yeux résidait dans le fait de s'être réveillé dans une chambre d'hôpital.

Il y avait pourtant autre chose. Une impression étrange qu'il ne pouvait décrire et qui bruissait en lui comme un murmure des plus discrets. Une intuition brumeuse impalpable et indéfinissable.

Mais pour l'instant, le plus important était qu'il se sentait bien. A vrai dire, cela faisait très longtemps qu'il ne s'était pas senti aussi bien.

8

Le réveil de Jean avait été d'autant plus extraordinaire, que tout le monde y avait renoncé, vaincu par le pessimiste fataliste des médecins. Jean avait été réduit à un esprit enfermé dans son propre corps, lequel ne se voyait plus que comme un sarcophage de chair et d'os.

Un peu plus tard, dans l'après-midi, son ami Mathieu fut autorisé à le voir.

Lorsqu'il arriva, son émotion fut tellement prégnante que ses mots en furent muselés. Son visage se chargea alors d'afficher le bonheur qu'il avait de retrouver son ami miraculeusement éveillé.

Une fois les accolades et les déclarations enflammées passées, Mathieu lui fit un récit ému de l'accident, de l'attente qui s'en était suivie et qui en était venue à se décompter en mois ; de l'espoir de son réveil, vacillant au rythme du défilé calendaire, jusqu'à disparaître totalement, inhumé par le pronostic funèbre des spécialistes.

Jean l'écouta avec une attention affectée.

Le récit ne lui révéla cependant rien sur Ana. Aussi sa première réaction fut-elle fatalement portée sur ce sujet.

— Et Ana ? interrogea-t-il sans détours.

Mathieu ne parvint pas à masquer son embarras. Une légère grimace, bien que timorée, en avait trahi l'apparition inopinée. Il ne s'attendait certainement pas à ce que Jean lui parle d'Ana. En tout cas, pas aussi rapidement et aussi frontalement.

Le malaise de Mathieu n'échappa pas à Jean, mais il n'y réagit pas tout de suite, estimant qu'il devait laisser à son ami le temps de reprendre consistance.

— Ana… répéta Mathieu en prenant une profonde inspiration, à la manière d'un apnéiste, comme s'il se préparait à s'immerger dans un souvenir âcre, dont il savait qu'il lui serait difficile de refaire surface.

— Vous… vous êtes réconciliés ? enchaîna Jean, d'une voix moins assurée.

Jean n'avait strictement rien oublié de leurs derniers échanges au sujet d'Ana et des intentions rédemptrices de son ami repentant. Ces souvenirs douloureux circulaient toujours en lui comme un venin nécrosant son organisme.

— Non, répondit tristement Mathieu, dont la confusion s'amplifia. Il avait l'air de vouloir s'en tenir à cette réponse laconique, comme la note finale au chant funeste de sa sirène espagnole.

L'ironie du sort avait voulu que la première femme que Mathieu aimât soit aussi la première à lui briser le cœur.

Si Jean compatit par amitié, il n'en fut pas affecté pour autant. Pour faire bonne figure, tout juste arbora-t-il une mine légèrement contrite. Mathieu n'était tout de même pas à plaindre. Lui, l'homme de toutes les pleutreries à l'égard des femmes, méritait sans doute cette leçon, même si celle-ci semblait avoir été bien amère.

Jean aurait pu conclure que le malaise affiché par son ami reposait uniquement sur la sentence définitive de leur séparation, qui l'aurait profondément secoué. Il devina toutefois qu'un motif plus désagréable encore expliquait l'atonie de son ami.

Le regard de Mathieu flottait dans le pot de fleurs disposé sur la tablette voisine, comme s'il cherchait un réconfort auprès des tulipes qui s'y trouvaient, quand Jean l'apostropha sans formalités :

— Que lui est-il arrivé ?

L'attention de Mathieu glissa alors aussitôt des liliacées vers le ressuscité, dans un mouvement confus, comme s'il venait de faire crisser ses ongles sur un tableau d'ardoise.

Il le dévisagea un instant, hébété, se demandant probablement comment Jean avait pu discerner aussi distinctement que leur séparation n'était pas la seule cause de sa peine.

Il mesura son regard inquisiteur, cherchant à évaluer ses chances d'échapper à la question.

Concluant certainement qu'elles étaient trop minces, il se détourna finalement d'un air résigné. Il attrapa une chaise qui se trouvait un peu plus loin et la positionna avec soin près de son lit.

Il s'installa dans une forme de solennité, qui exprimait que ce qui allait être relaté nécessitait qu'il reposât sur un support suffisamment stable pour être en mesure d'en asseoir l'exposé.

— Le lendemain de ton accident, j'ai appelé Ana, commença Mathieu. J'étais bouleversé par ce qui venait de t'arriver et, comme je te l'ai dit le jour de ton accident, j'avais réalisé que je tenais à elle. Pour la première fois de ma vie, je ressentais pour une femme quelque chose de profond. Je sentais qu'avec Ana, les choses étaient différentes. Elle a tout de suite compris que quelque chose de grave était arrivé. Je lui ai appris ton accident. Ton coma… Elle a immédiatement voulu te voir. Evidemment, je n'ai pas pu lui parler de l'autre raison de mon appel. Nous nous sommes donc retrouvés à l'hôpital. Elle était bouleversée. J'en ai été un peu surpris. Je veux dire qu'elle paraissait particulièrement bouleversée… Mais j'ai mis cela sur le compte de sa sensibilité particulière. Ce jour là, nous n'avons parlé que de toi et de l'accident. Elle avait énormément de peine. Je n'ai pas réussi à lui parler de ce que je ressentais pour elle, que je regrettais mes propos et notre rupture. Elle, faisait comme si rien ne s'était passé. Comme si nous n'étions que de simples camarades se retrouvant au chevet d'un ami commun. Le lendemain, elle est revenue te voir. Et ainsi, tous les jours. Nous nous retrouvions donc chaque soir dans ta chambre, à parler de toi, à espérer ton réveil. Vainement… Je n'ai jamais eu le courage de lui dire ce que je ressentais pour elle, de lui demander pardon, de lui demander une nouvelle chance,… Et puis, un jour, subitement, elle n'est plus venue te voir. C'est arrivé environ six mois après ton accident. Du jour au lendemain, elle n'est plus reparue. Evidemment, ça m'a inquiété. J'ai cherché à la joindre, plusieurs fois. Sans succès. Elle ne répondait pas à mes messages. Ne lui connaissant aucune famille, je suis allé voir son amie Nathalie. A plusieurs reprises. Elle n'a rien voulu me dire. Je n'ai plus jamais eu de nouvelles d'elle depuis. Je ne sais pas ce qu'elle est devenue. Je ne sais pas non plus pourquoi elle a cessé aussi subitement de venir te voir. Voilà toute l'histoire…

Jean ressentit une immense joie d'apprendre qu'Ana était venue le voir tous les jours. Il se remémora son baiser, sur le seuil de son appartement, dont il pouvait désormais vraiment supposer qu'il avait signifié quelque chose. Qu'elle et Mathieu ne se soient pas réconciliés le soulageait. Il voyait bien que Mathieu en était touché et il en éprouva de la peine. Mais étrangement, il ne culpabilisait pas. Après-tout, c'était lui qui avait décidé de quitter Ana.

Toutefois, ce bonheur fugace fut rapidement voilé par la nouvelle qu'Ana avait cessé de venir le voir. Du jour au lendemain. Cela faisait donc trois mois qu'elle n'avait plus reparu à l'hôpital.

Jean aurait pu comprendre que ses visites se soient espacées, ce qui aurait signifié naturellement son détachement. Comme un vêtement aux couleurs vives finit inévitablement par perdre son éclat au fil des lavages.

Mais l'arrêt aussi brutal de ses visites était plus inquiétant. Il y avait forcément quelque chose qui l'expliquait. Quelque chose de plus préoccupant.

Et il n'y avait qu'une personne susceptible de lui donner des explications : Nathalie.

9

Jean resta quelques jours de plus à l'hôpital, le temps de satisfaire aux examens complémentaires recommandés par le Docteur Liever ; lesquels ne dévoilèrent rien de plus. L'électroencéphalogramme de Jean conservait l'atypisme de ses courbes. Tous les autres examens étaient parfaitement normaux.

Jean se portait à présent comme un charme.

Une semaine plus tard, il retrouvait le calme réconfortant de son appartement.

Dès le lendemain, il appela Nathalie.

Comme il s'y attendait, son accueil fût plutôt froid. Il eut été cependant glacial si les évènements liés à son accident n'étaient venus l'adoucir un peu. Au ton de sa voix, il présuma que sa rancune était à la hauteur de sa dimension corporelle : hors normes.

Elle lui accorda néanmoins la faveur généreuse de le recevoir.

Il se présenta en fin d'après-midi à son appartement.

Quand elle ouvrit la porte, curieusement, il fût moins décontenancé par sa grandeur. Il remarqua néanmoins qu'elle était plus large. Un effet de perspective en expliquait probablement l'illusion. Se pourrait-il qu'à l'œil, un être humain gagnant en largeur, en paraisse moins haut ? Le sujet ne manquait pas d'intérêt pour Nathalie qui, dans l'optique de perdre de la hauteur, avait effectivement tout intérêt à s'élargir.

Son visage aussi était plus rondelet. Il lui fit penser à une petite boule de pain, la farine comprise. Jean se demanda bien ce qu'elle faisait avec de la farine sur le visage. Il s'abstint néanmoins de le lui demander. Il considéra qu'il eut été mal venu de lui poser une telle question d'entrée de jeu s'il espérait sérieusement qu'elle lui confie ce qu'elle savait d'Ana.

Elle portait un chemisier blanc, qui semblait être de la soie. De nombreux plis striaient le vêtement de part et d'autre, au point que Jean supposa qu'elle avait dormi avec. Ce qui n'était pas à exclure, car elle paraissait un peu endormie et ses paupières étaient légèrement gonflées.

Elle tenait dans sa main gauche une tartine de pain couverte de Nutella. Probablement pour la largeur, songea Jean.

Mais son attention fut surtout portée vers son bras droit, qui supportait un étrange petit animal. Jean ne put identifier exactement ce que c'était. Il était de courte taille. Il était couvert de poils épars, de différentes couleurs : il distingua du gris, du noir et une multitude de tâches jaunâtres, qui était la teinte dominante. De ces poils dépassait une petite tête effilée, qui se terminait par ce qui semblait être un museau. Ce qu'il pouvait supposer être en tout cas, car y surplombait une sorte de petite muqueuse noire, qui devait être une truffe, bien que cela n'y ressemblait guère. Sur la partie haute du crâne étaient disposées deux petites billes noires, qui étaient assurément les yeux de l'animal. L'animal le fixait. Immobile. Sans aucune expression.

— Qu'est-ce que c'est ? demanda immédiatement Jean, avant même de dire bonjour à Nathalie, tant sa curiosité fut captée par cette drôle de chose.

— Une tartine de Nutella, lui répondit Nathalie en le toisant comme si la question relevait de la plus haute idiotie.

— Je parlais de… l'animal, répliqua Jean aussitôt.

— Ah, ça ? répondit-elle en regardant alors la bête. Un chien.

— Un chien ? s'étonna Jean.

— Oui, un chien, répéta simplement Nathalie, comme si cela se voyait.

— Et quelle race de chien ? s'inquiéta Jean, surpris qu'un tel animal soit autorisé à faire partie de la famille des canidés.

— On ne sait pas.

— … Ah…

— Entre. Zouzou va prendre froid.

— Zouzou ? s'étonna Jean.

— Oui, c'est son nom, fit-elle, en direction du chien. Enfin, son vrai nom, c'est Zoupinon. Mais je l'appelle Zouzou. C'est l'année des « Z », conclut-elle, comme pour se justifier qu'avec un Z, elle n'avait pas eu d'autre choix.

Tout de même, songea Jean, même avec un z, il était certainement possible de trouver autre chose que « Zoupinon », qui lui sembla totalement saugrenu pour nommer un chien. Ou tout autre animal, d'ailleurs.

Il observa Nathalie. Elle lui paraissait tout de même un peu bizarre. Certes, elle avait pris du poids. Mais il y avait autre chose. Elle lui semblait apathique. Il se dit à un instant que si un étranger les avait observés elle et lui sans savoir lequel des deux venait de passer neuf mois dans le coma, il aurait assurément désigné la géante enfarinée.

Sur ce, elle l'autorisa à entrer, sans cérémonie.

Son appartement était sobre et spacieux. Tous les murs étaient blancs. Un blanc ivoire, lui sembla Jean. Elle ne disposait que de peu de meubles.

Ils pénétrèrent dans le salon, tout aussi dépouillé : un canapé noir, une table et des chaises noires, aux lignes droites, un tableau noir fixé au mur au dessus du canapé, avec en son centre, un cercle rouge. L'œuvre était inexpressive, mais présentait tout de même l'audace d'apporter l'unique couleur présente dans la pièce.

Ils s'installèrent. Nathalie conserva précieusement sur son bras droit l'animal et dans sa main gauche, la tartine de Nutella, sans que Jean ne parvienne à distinguer lequel des deux sujets était porté avec le plus de précaution.

Elle s'enquit poliment en guise de préambule de son état de santé. Très bien, lui répondit-il promptement sur un ton définitif, souhaitant couper court à ce sujet qui n'en était déjà plus un à ses yeux.

Jean aborda très rapidement la question qui l'amenait. Il lui résuma ce que lui avait appris Mathieu à propos des visites d'Ana à l'hôpital et de sa disparition subite. Il lui relata également très simplement cette soirée où elle était passée le voir après sa rupture avec Mathieu. Il lui avoua ses sentiments pour elle. Son style était direct et honnête. Il évita les fioritures. Le temps avait passé. Son aventure avec Nathalie n'avait duré que quatre jours, ce qui lui parut encore plus insignifiant neuf mois plus tard. Il estima qu'il pouvait aujourd'hui faire abstraction du passé.

Il avait tort.

Nathalie ne dit rien durant la totalité de son récit. Elle ne le regardait pas non plus. Son regard était perdu sur le sol parqueté, comme si elle observait un point particulier qu'elle seule était capable de discerner.

Elle opina cependant régulièrement, ce qui permit à Jean de supposer qu'elle l'écoutait.

L'animal, lui, semblait lui porter plus d'attention. Ses globes noirs étaient en tout cas dirigés fixement dans sa direction.

Jean s'apprêtait à lui demander si elle savait où se trouvait Ana, quand Nathalie réagit soudain.

— Les hommes sont tous des mufles ! s'emporta-t-elle avec une étonnante violence.

Jean fût évidemment très surpris de cette réaction, qui résonnait d'autant plus étrangement dans sa bouche, qu'il ne l'avait jamais entendu s'animer ainsi. L'affirmation, si fondée qu'elle ait pu être dans l'esprit de Nathalie, était totalement décalée.

A ces mots, l'animal, comme si le sursaut subit de son immense maîtresse lui avait soudain ordonné de sortir de sa torpeur, tendit son horrible cou et se mis à lécher avidement la tartine de Nutella qui se trouvait à portée. Sa langue, qui faisait penser à celle d'un fourmilier - longue et rose - se mit à s'agiter frénétiquement en direction de la pâte grasse, l'atteignant de temps à autre au hasard de ses assauts, mais de manière totalement incontrôlée. Comme un orvet qui s'affolerait soudain face à une proie apparue trop soudainement. Tout en glapissant, l'animal agitait sa furieuse petite langue avec une telle frénésie, qu'à chaque contact de la pâte, il éclaboussait le chemisier blanc de Nathalie, qui se trouva alors constellé de tâches de Nutella.

Jean fut tellement consterné par la scène édifiante qui se déroula subitement devant ses yeux qu'il ne réagit pas tout de suite à l'exclamation de Nathalie. Tandis qu'elle, ne semblait pas porter attention à la voracité subite de l'animal. Jean se demanda alors à qui la tartine de Nutella était initialement destinée et si l'animation soudaine de l'animal n'était pas sa façon habituelle de se comporter en pareille circonstance.

Jean eut toutes les peines à s'arracher du spectacle de cette affreuse délectation et s'efforça de se recentrer sur Nathalie.

Ce que Jean n'avait pas mesuré, c'est qu'il n'avait pas été le premier ni le dernier à être effrayé par la hauteur inhumaine de Nathalie. Il y a en avait même eu un si grand nombre, que les dernières déconvenues de la géante semblaient l'avoir ébranlée au point que son équilibre global en avait été dangereusement affecté.

Il s'efforça toutefois de réagir à l'estocade :

— Enfin, Nathalie, mais qu'est-ce qui te prend ? Pourquoi dis-tu cela ? répondit finalement Jean, ne sachant trop comment réagir à l'invective.

— Des mufles, des égoïstes et des lâches ! renchérit-elle sans s'adoucir.

Elle porta alors à sa bouche la tartine de Nutella que Jean tentait désespérément d'oublier, et la mordit à pleine dent, engloutissant sans frémir le magma infâme qu'était devenue la pâte, à laquelle s'était mêlée entre-temps la salive huileuse de la bête immonde.

Puis elle se mit à sangloter nerveusement, laissant échapper de curieuses petites bulles morveuses de ses narines farinées.

Quelque peu désemparé, mais néanmoins contraint de poursuivre l'entretien pour les raisons impérieuses que l'on connait, Jean s'efforça de conserver son calme et surtout, de réfléchir à la manière de faire retrouver le sien à Nathalie.

Il la laissa achever sa mastication de la bouillie brunâtre, dans laquelle s'était amalgamée une belle portion de sa mucosité constellée de farine.

Pendant ce temps, comme pour laisser sa maîtresse profiter à son tour de la pitance, la bête avait repris sa position initiale et son observation morne de Jean.

— Je crois que tu as mis un peu de farine sur ta tartine, osa tout de même Jean, qui en avait du coup oublié son algarade sur la muflerie masculine.

— De la farine ? s'inquiéta soudain Nathalie, l'obligeant par là-même à s'exhumer un instant de son accès rageur.

— Oui, la farine de ton visage s'est déposée sur ta tartine, précisa Jean.

Nathalie considéra la substance blanchâtre effectivement répandue sur le reste douteux de la tartine.

— C'est du talc ! corrigea-t-elle, comme une évidence.

— Du talc ?

— Oui, du talc. C'est pour adoucir la peau du visage.

Jean intégra l'explication sans autres formalités, préférant vraisemblablement oublier au plus vite l'épisode. Il ignorait si le procédé possédait effectivement les vertus adoucissantes annoncées, mais il semblait en tout cas en avoir sur son humeur. Il regretta alors de ne pas en disposer à portée de main pour pouvoir la saupoudrer au cas où sa rage la reprendrait.

A bien examiner Nathalie, il lui parut alors évident qu'elle était en proie à une sorte d'état dépressif étrange, d'un genre nouveau probablement ; dont les spécialistes de la question consacreraient certainement un syndrome alambiqué.

Il remarqua qu'il était tout de même stupéfiant d'observer la capacité de l'esprit humain à regorger de combinaisons nouvelles dans les bizarreries de comportement et les pathologies cérébrales. Il se dit qu'aucune thèse ne saurait vraiment en assurer le recensement exhaustif, ni en mesurer, ne serait-ce que le contour, tant la panoplie des paramètres en était vaste.

En tout cas, l'invraisemblable état dans lequel se trouvait Nathalie n'allait pas lui faciliter la tâche.

Il profita néanmoins de l'intermède apaisant du talc pour se réengager dans sa quête et l'interrogea sans ambages :

— Nathalie, j'ai besoin de savoir ce qu'est devenue Ana.

— Je suis trop grande… répondit-elle à côté du sujet tout en prenant cette fois un air navré.

Silence.

— Je suis si haute, reprit-elle, semblant se parler à elle-même, que personne ne me voit. Tout au plus m'aperçoit-on. Comme une cime lointaine et inaccessible. Quand un homme se perd à mes sommets, il se prend aussitôt de vertiges face à l'abyme qu'il découvre à son réveil et s'enfuit lâchement. Les hommes préfèrent les petites femmes, car elles sont à portée de main. Ils les accostent hâtivement et vulgairement, empressés de bâcler leur conquête dès le premier pas. Il leur suffit de lever la jambe, et la basse dame, tout juste située au ras de leur chétive ambition, est montée. Elles se couchent parfois si vite qu'il leur suffit de ramper grassement pour en prendre possession. Quelle platitude ! En vérité, les femmes de grandeur - les nobles femmes - leurs sont inaccessibles. Ils savent bien qu'ils ne pourront jamais être à la hauteur, alors ils se débinent, couardement, leur misérable queue entre les jambes. Je les hais et je te hais encore plus, toi, qui as fui encore plus vite que tous les autres. Je ne sais pas pourquoi j'ai accepté de te revoir…! Dans ma pitoyable faiblesse et ma miséricorde trop généreuse, je finis toujours par vous pardonner, vous les petits mâles fourbes, médiocres et dérisoires !

Puis elle se tut, pantelante.

La tirade ne manqua pas d'impressionner Jean qui découvrit là une facette de Nathalie qui n'était pas dénuée d'originalité.

Il attendit que cette nouvelle vague agressive se brise. Ses assauts semblaient en effet déferler comme des rouleaux tempétueux, entrecoupés d'entre-vagues plus propices à la discussion, dont il tenta de profiter aussitôt en insistant :

— Nathalie, s'il te plaît, qu'est devenue Ana ?

— Et pourquoi te le dirai-je ? riposta-t-elle. Après ce que tu m'as fait.

— Tu exagères. Mon passage dans ta vie a été si bref qu'il n'a pas pu laisser de traces.

— C'est vrai, tu as été insignifiant. Une bruine furtive dans un désert. Et même moins que ça, un souffle de vapeur par un matin d'hiver ! Je ne vois vraiment pas pourquoi Ana tient tant à toi…

— C'est elle qui t'a dit qu'elle tenait à moi ? s'enflamma Jean

— Ca te ferait plaisir de le savoir, n'est-ce pas ?

— Plaisir n'est pas le mot. J'ai besoin de le savoir.

— Eh bien non, elle ne m'a rien dit… Je l'ai compris. Je l'ai lu dans ses yeux. A chaque fois qu'elle me parlait de toi, il se passait quelque chose dans son regard, comme une absence insupportable, comme un prélude à un voyage… J'aimerais tant que les yeux d'un homme s'appareillent de cette façon pour moi…

Elle resta ensuite un moment silencieuse, le regard posé sur son animal. Puis elle reprit plus calmement, comme si la vision de la bête repue lui avait apporté un peu de réconfort :

— Je n'ai plus eu de nouvelles d'Ana depuis trois mois.

— Depuis trois mois ? s'étonna Jean.

— Oui. Mais elle m'avait prévenue.

— Elle t'avait prévenue ?

— Oui.

— Mais, tu n'as pas cherché à la contacter ?

— Non.

— Pourquoi ?

— Parce qu'elle ne le voulait pas.

— Elle ne le voulait pas ? Mais pourquoi ?

— Je ne sais pas. Elle m'a simplement dit qu'elle ne voulait pas qu'on la cherche, et qu'on ne pourrait pas la joindre non plus ; qu'elle avait quelque chose d'important à accomplir et qu'elle en aurait pour un long moment.

— Quelque chose à accomplir ? Mais quoi ?

— Elle ne me l'a pas dit.

— Mais t'a-t-elle dit où elle allait ?

A cette question, Nathalie ne répondit pas. Elle releva la tête, le considéra un long moment, d'une manière qui lui sembla refléter une interrogation intérieure pesante. Jean s'empressa :

— Nathalie, s'il te plaît, si elle t'a dit où elle se trouve, il faut me le dire. C'est très important pour moi. Je suis désolé de t'avoir fait du mal, mais tu ne peux pas m'en vouloir indéfiniment. Tout cela est passé. S'il te plaît !....

Nathalie continuait à le toiser avec le même regard empreint de perplexité et d'amertume. Puis elle tourna son visage en direction de son tableau, comme si elle s'apprêtait à consulter le cercle rouge situé au centre de la surface noire ; comme si ce cercle était une sorte d'oracle qui avait seul pouvoir pour décider si cette information devait être dévoilée ou non.

Elle le fixa un moment avec une attention étrange. On aurait pu croire qu'un échange mystique se produisait entre elle et l'oracle, puis un instant plus tard, comme si la sentence avait été prononcée, elle se tourna vers Jean, d'un air entendu.

— Mont-aux-Dames, annonça-t-elle simplement. Elle sembla à ce moment plus apaisée. Peut-être que l'oracle, après avoir délivré son message, avait également prononcé quelques paroles réconfortantes qui l'auraient alors rendue plus docile.

— Mont-aux-Dames ?

— Oui, c'est là qu'elle m'a dit aller. C'est une petite ville dans le Jura.

— Qu'est-ce qu'elle est allée y faire ?

— Je t'ai dit que je ne le savais pas. Elle n'a pas voulu me le dire. Tu peux me croire. C'est tout ce que je sais.

— Elle ne t'a rien dit de plus ?

— Non, je ne sais rien d'autre. Je t'assure.

— Bon, très bien. Je te remercie beaucoup Nathalie. Je vais essayer de la retrouver. Je te promets de te donner de ses nouvelles si je la retrouve.

— Elle aime les maisons d'hôtes, ajouta-t-elle alors.

— Les maisons d'hôtes ?

— Oui, elle aime les maisons d'hôtes, de préférence dans les vieilles bâtisses. Tu auras plus de chance de la retrouver dans ce genre d'endroit si elle a eu besoin d'un logement.

Jean n'insista pas davantage et la remercia chaleureusement.

Il lui fit aussi part de son inquiétude à son sujet et tenta de lui faire prendre conscience qu'elle devrait probablement voir un médecin.

Nathalie l'écouta, mais resta muette. Elle parut cependant légèrement désemparée, comme si les paroles de Jean avaient su trouver une issue dans l'opacité de sa tristesse.

Elle lui souhaita finalement bonne chance d'une manière qui lui parut étonnement sincère.

Jean se retira alors en silence, dans une éclipse discrète qui exprimait ses regrets vis-à-vis de Nathalie, mais qui irradiait paradoxalement, au fond de lui, d'un espoir devenu ardent grâce aux précieuses informations qu'elle lui avait données. Car même si ces indices pouvaient paraître minces, ils constituaient un vrai point de départ, un quai d'embarquement vers une perspective réelle.

Son retour fut agité de mille questions sur les raisons qui avaient bien pu pousser Ana à partir aussi précipitamment vers cette petite ville anonyme du Jura.

Sur ce point là, il ne disposait hélas d'aucun indice.

10

De retour chez lui, Jean se précipita sur son ordinateur pour y puiser sur internet des informations concernant cette ville du Jura.

Mont-aux-Dames était une ville moyenne d'environ dix-sept mille âmes, située dans une petite vallée au cœur du Jura.

Ce n'était certes pas une très grande ville, mais elle l'était tout de même suffisamment pour rendre ses recherches difficiles, et ce d'autant plus qu'il ne disposait d'aucun autre indice.

Et puis, Jean était bien loin de posséder le savoir-faire d'un détective privé.

Cette difficulté était toutefois loin de se présenter comme un obstacle suffisant pour qu'il y renonça. Il était fermement décidé à la retrouver, coûte que coûte.

La seule information dont il disposait concernait son attrait pour les maisons d'hôtes ; « dans des vieilles bâtisses », lui avait précisé Nathalie.

Si Ana avait eu besoin de se loger, il y avait des chances pour que son choix se soit porté sur un tel endroit.

Jean poursuivit donc ses recherches sur internet afin d'identifier les sites susceptibles de correspondre à ces critères. Il en identifia trois. Le premier était une ancienne ferme jurassienne récemment rénovée. Le second se trouvait dans une maison traditionnelle en pierre et recouverte de tavaillon, située au centre de la ville. Enfin, le troisième se situait dans une très vieille abbaye.

Les trois endroits étaient susceptibles d'avoir été choisis par Ana car ils paraissaient chacun correspondre parfaitement à ces critères. Toutefois, le troisième site attira davantage son attention. Il s'agissait d'une ancienne abbaye présentant un ensemble architectural impressionnant, qui avait été restaurée et dont certaines pièces avaient été aménagées en chambres d'hôtes.

Il lui sembla d'instinct que cet endroit au charme original et chargé d'histoire était celui qu'elle aurait certainement retenu.

C'est alors que son téléphone sonna.

C'était le Docteur Liever.

Le médecin s'enquit en préambule de l'état de Jean, ce qui se fit sur le ton de la formalité, car il n'y avait médicalement aucune raison que son état se détériore. Puis après un instant d'hésitation, comme à son accoutumé, il enchaîna sur ce qui semblait être le véritable objet de son appel.

— Monsieur Delange, j'ai poursuivi mes recherches à propos des particularités de votre électroencéphalogramme. Vous vous souvenez de ce dont je vous ai parlé à ce sujet ?

— Oui, bien sûr.

— Et bien, j'ai retrouvé quelques cas, bien que très rares, où se sont développées certaines particularités chez le patient, après leur réveil d'un long coma.

— Certaines particularités ? Vous pourriez être plus clair…?

— Pardonnez-moi. Je m'explique. L'émission d'ondes delta à l'état de veille pourrait être à l'origine de l'apparition de certaines accentuations, comme par exemple, d'hypersensibilité. Cela se caractérise par une sensibilité plus forte que la moyenne. Elle est en principe innée ou héréditaire. Néanmoins, il est arrivé, dans des cas très rares, qu'à l'issue d'un coma prolongé, un patient devienne sujet à l'hypersensibilité. J'ai également trouvé d'autres cas où les sujets se trouvaient empreints d'hyperesthésie, c'est-à-dire d'une exagération de la sensibilité de certains sens. On parle aujourd'hui davantage d'allodynie, bien que cela ne semble pas tout-à-fait correspondre à votre cas en raison…

— Mon cas ? le coupa Jean, surpris par le qualificatif.

— Je veux dire, se reprit le médecin, que les paramètres enregistrés au niveau de l'activité électrique de votre cerveau sont très particuliers et… inexpliqués. Il est possible que votre accident, et votre coma prolongé, aient provoqué des modifications que nous ne parvenons pas à identifier exactement et dont nous ne maîtrisons par vraiment les conséquences. L'hypersensibilité ou l'hyperesthésie sont des hypothèses à envisager, compte-tenu de certains… symptômes constatés. Mais ce ne sont que des hypothèses. C'est pourquoi j'aimerais beaucoup pouvoir pratiquer d'autres examens. Il faudrait que je puisse vérifier certaines données et envisager de nouvelles analyses.

Jean le coupa à nouveau.

— Ecoutez Docteur Liever, je me sens parfaitement bien. Je viens de passer les neuf derniers mois couché dans un lit d'hôpital. Vous comprendrez que je n'ai pas très envie pour le moment d'y retourner. J'ai du temps à rattraper et des choses importantes à régler. Je comprends que mes… particularités attisent votre curiosité, mais tant que je n'en ressentirai pas d'effets gênants, je ne vois pas pourquoi je m'alarmerais. D'ailleurs, je ne vois dans votre démarche qu'une curiosité professionnelle, très loin d'une préoccupation pour ma santé. Je me trompe ?

— Euh, non, effectivement, répondit honnêtement le médecin avant de tenter de présenter de nouveaux arguments, mais Jean ne lui en laissa pas le temps.

— Alors, pour le moment, je vais reprendre ma vie là où je l'ai laissée et je vous promets que si je ressens quoi que ce soit d'intéressant à vous signaler, je le ferai. En attendant, poursuivez-donc vos recherches et n'hésitez pas à m'informer de vos découvertes. Je vous souhaite une très bonne journée, Docteur.

Sur ce, Jean raccrocha, surpris lui-même par la fermeté de ses propos.

Il est vrai qu'il se sentait différent depuis son réveil. Il ne voyait pas vraiment en quoi ses sensations pouvaient correspondre aux hypothèses présentées par le docteur Liever, ni d'ailleurs en quoi pouvait bien consister cette hypersensibilité ou cette… hyperesthésie.

Ses sensations étaient indéfinissables. Il se sentait serein, détaché et étonnement lucide.

Mais il venait de dormir durant neuf mois. Il n'était donc pas anormal de se sentir aussi reposé après une aussi longue période de repos.

Il reprit donc ses recherches à propos de l'abbaye de Mont-aux-Dames, qui se présenta clairement après cet intermède, comme la meilleure supposition.

Il entra sur le site internet de l'abbaye.

Une chambre restait disponible sur les trois dont disposait l'abbaye.

Sans hésiter, il la réserva pour le lendemain soir.

11

Mont-aux-Dames, située au fond d'un cirque, était entourée par de hautes falaises d'une centaine de mètres de haut entaillant le plateau jurassien.

La petite ville était donc totalement encaissée dans cette impressionnante reculée formée dans un plateau calcaire.

La largeur de cette reculée en était d'un kilomètre environ pour sa partie la plus large, et sa longueur s'étendait sur une dizaine de kilomètres. La ville s'était déployée dans cet espace majestueux bien qu'encerclé.

Son histoire remontait au Moyen Age et les maisons traditionnelles en pierres en constituaient la typologie architecturale principale. Une rivière prenant naissance au pied du cirque traversait la ville de part en part, dans sa longueur.

Mont-aux-Dames était une ville aux allures médiévales qui semblait avoir traversé le temps sans avoir subi les affres de la modernité urbaine. Les commerces étaient discrètement et harmonieusement intégrés dans les bâtiments d'époque, sans en altérer le charme et le cachet mystérieux.

Jean fut immédiatement charmé par cette ville à l'ambition réussie de conserver son authenticité.

L'abbaye se situait au cœur de la ville. Il n'eut aucun mal à la trouver.

Elle était composée de plusieurs corps de bâtiment et de trois cours. Elle comportait également une église surmontée d'un très joli clocher. L'un des bâtiments avait été destiné à l'aménagement de trois chambres d'hôtes dans les appartements abbatiaux. La salle capitulaire faisait désormais office de fastueuse salle à manger.

Un restaurant y avait également été créé dans une magnifique salle en ogives.

Jean se présenta à l'accueil de l'abbaye. Une petite cloche en fonte était disposée près de la porte d'entrée.

Jean l'actionna.

Il attendit une minute.

Personne ne se présenta.

Il l'actionna à nouveau.

Toujours personne.

Il attendit encore un moment.

La route avait été longue pour parvenir jusque Mont-aux-Dames et il était fatigué. On comprend alors, pour ces raisons, que son empressement ait pris le pas sur sa patience.

Il essaya donc d'entrer. La porte était ouverte. Il l'ouvrit très lentement, comme si la lenteur avec laquelle il procédait pardonnait l'impolitesse de son intrusion.

Il s'avança timidement dans une sorte de hall assez sombre, espérant voir quelqu'un se présenter.

C'est alors qu'il se trouva nez-à-nez avec une chèvre.

Aussi incroyable que cela put lui paraître, une chèvre de belle allure se tenait juste derrière la porte. Elle le fixait de ses grands yeux globuleux, d'un air accusateur.

C'était une chèvre au pelage brun clair. Sa tête, dont les poils étaient plus foncés, était surmontée de deux belles cornes busquées. Jean distingua ses incisives inférieures qui donnaient l'impression d'un sourire empreint d'un reproche féroce, semblant dire : « Ah, je te tiens à pénétrer chez les gens sans permission…! Et tu vas voir ce qu'il en coûte !».

Elle se tenait face à lui, droite, fière, les pattes légèrement arquées et l'abdomen débordant de part et d'autre, témoignant avec largeur, du bon appétit de l'animal.

C'est alors que son téléphone sonna. C'était le docteur Liever. Il ne décrocha pas, subjugué par l'animal, car la chèvre l'observait toujours fixement et intensément, fermement décidée à ne pas le laisser aller plus loin dans la demeure au passé monastique.

— Rosie, couché !

A cet ordre surgi de nulle part, Jean perçut clairement chez l'animal une imperceptible trémulation révélant une évidente frustration, comme si l'animal s'apprêtait à le chasser par une charge furieuse, ce qu'elle aurait manifestement accompli avec une infinie satisfaction. Mais ce frémissement rageur ne dura qu'une fraction de seconde. Aussitôt, le voile de la soumission couvrit le regard mauvais du bovidé. Le contrôle de la chèvre venait d'être pris par un être qui avait autorité sur la bête : son maître.

Le maître en question, qui s'approchait paresseusement, était un homme assez grand, vêtu d'un étonnant gilet mauve en laine à grosses mailles, dont Jean se demanda s'il n'avait pas été tricoté par la chèvre elle-même, tant la rusticité lui semblait empreinte de la patte d'un animal de ferme. Il portait un étonnant pantalon en velours jaune pâle tirant vers le beige, qui se conjuguait admirablement avec le gilet, tant dans le coloris, que dans le style champêtre.

Son visage faisait penser à une grosse pomme de terre étirée en longueur, qui aurait été posée négligemment sur son grand corps rustique et sur laquelle auraient été flanqués grossièrement les organes ; à la manière d'un bonhomme de neige dont les formalités du visage auraient été bâclées avec deux gros radis ronds pour les yeux, une carotte de fort calibre pour le nez et une bouche grossièrement creusée dans la substance.

Le tubercule était surmonté d'une chevelure longue et grise, dont l'ensemble était tiré et natté, au moyen d'un ruban rouge d'une matière indéfinissable.

La flétrissure prononcée de sa peau témoignait que l'homme devait avoir dépassé l'âge de la retraite depuis fort longtemps déjà.

A cet instant, Jean se demanda lequel des deux spécimens, entre la chèvre guerrière et le maître austère, était finalement le plus accueillant.

Deux secondes d'hésitation plus tard, la chèvre trembla légèrement, se cambra une dernière fois comme pour apaiser son orgueil malmené d'avoir été ainsi commandé devant un inconnu, intrus de surcroît, puis se coucha d'un air méchant.

— Je vois que vous avez fait connaissance avec Rosie, exprima le maître en désignant l'animal, mais sur le même ton que l'ordre invectivé un instant plus tôt à la bête ; si bien que Jean ne réalisa pas tout de suite que c'était à lui qu'il s'adressait.

— Je suis désolé, j'ai sonné, mais personne n'a répondu, alors… expliqua Jean, ne souhaitant évidemment pas répondre à une question aussi saugrenue, laissant à penser qu'il avait pu échanger quelques politesses avec la chèvre le temps qu'arrive le maître des lieux.

— Oui, je suis un peu dur d'oreille. C'est pour cela que ma brave Rosie veille. C'est ma chèvre de garde. Aussi fidèle et obéissante qu'un chien, mais bien plus intelligente et surtout, bien plus teigneuse.

Si Jean ne douta pas un instant du caractère belliqueux de l'animal, dont le regard torve exprimait assurément le mauvais caractère, son air idiot ne pouvait que faire douter sérieusement de l'intelligence de l'animal. Evidemment, il se garda bien d'exprimer ses doutes sur ce point.

Les yeux mauvais de l'animal, qui fixaient toujours Jean, semblaient avoir surpris ses mauvaises pensées, car il lui sembla qu'ils avaient redoublé d'animosité à son égard.

— Je suis Edgar Defeau, annonça l'homme en tendant à Jean son énorme main calleuse.

— Jean Delange, répondit simplement Jean en retour, en risquant sa main maigrement citadine vers celle du dresseur de chèvre, qui l'empoigna avec autant de force que Jean l'avait craint.

— Oui, Jean Delange. Très joli nom. Très adapté à l'endroit… Je vous attendais. Avez-vous fait bon voyage ?

— Oui, je vous remercie.

— Je vous préviens, je n'aime pas les chichis. Je suis direct et je dis ce que je pense. Que cela plaise ou non ! Avec moi, tout le monde sait à quoi s'en tenir.

Jean était averti.

— Combien de temps comptez-vous rester, Monsieur Delange ? Vous ne l'avez pas précisé dans votre réservation.

— Je ne sais pas vraiment. Deux ou trois jours. Peut-être plus.

— Cela ne posera pas de problème. Je n'ai pas de réservation pour la chambre. A cette saison, c'est plutôt calme. Les touristes commencent à disparaître en septembre et en général, ils réapparaissent en décembre. Vous pourrez rester le temps qu'il vous plaira. Enfin, si Rosie, le permet, ajouta-t-il en riant d'un rire rauque et caverneux, se figurant peut-être que la plaisanterie amuserait Jean.

— Je vais vous montrer votre chambre. Rosie, pas bouger ! ordonna-t-il à la chèvre.

La chèvre obtempéra. Elle ne bougea pas.

D'une certaine façon, cela rassura Jean qui se dit au moins, que l'homme semblait parfaitement contrôler l'animal aux instincts batailleurs.

Jean suivi donc le maître des lieux dans les dédales de l'abbaye. Ils traversèrent d'abord la petite pièce austère dans laquelle Jean avait été stoppé par la chèvre et qui faisait office d'accueil. Ils suivirent un long couloir de pierre, puis obliquèrent vers un escalier couvert d'une très ancienne moquette rouge dont les couleurs étaient passées depuis longtemps, mais qui conférait à l'endroit une atmosphère authentique. Deux étages plus haut, ils débouchèrent sur un vaste hall doté de magnifiques vitraux, duquel se prolongeaient trois couloirs aboutissant chacun sur une porte située au fond du passage. Ils empruntèrent celui du milieu.

Durant le trajet, le maître-chèvre lui fit un bref historique de l'endroit. Il lui expliqua que l'édifice était une ancienne abbaye bénédictine et qu'elle fut très prospère jusqu'au XVIème siècle, où elle déclina alors peu-à-peu. Elle disparut à la révolution avant d'être classée monument historique vers la fin du XIXème siècle, puis d'être entièrement restaurée à partir des années soixante-dix.

Ils pénétrèrent dans la chambre. Jean fut très surpris par la dimension et la beauté de l'endroit. Il ne s'attendait pas à découvrir derrière la porte basse et sombre, une chambre aussi majestueuse. La pièce était dominée par un imposant plafond bas en bois fait de planches et de poutres enchevêtrées. Les murs étaient tous boisés. Un parquet d'époque mais parfaitement restauré conférait à la pièce une atmosphère chaude et rassurante. Un lit drapé d'un couvre-lit rouge de belle étoffe était disposé près d'une fenêtre cintrée, dont la vue dominait la cour principale de l'abbaye. Une vaste cheminée était située face au lit, dans laquelle avait été installé un poêle de facture moderne, mais qui s'adaptait parfaitement à l'endroit. La chambre était agrémentée de divers objets anciens qui visaient à rappeler les origines de l'endroit. Seuls quelques éléments plus modernes trahissaient l'époque actuelle, comme par exemple un petit téléviseur à écran plat, et des lampes de chevet au dessin plus contemporain.

— Le dîner est servi à dix-neuf heures précises, dans la salle capitulaire. Retrouvez-moi à l'accueil, je vous y accompagnerai. Voilà. Bienvenue à l'abbaye de Mont-aux-Dames, Monsieur Delange ! A tout à l'heure !

Jean espéra que ce Monsieur Defeau serait à l'heure pour l'accueillir et qu'il n'ait pas à se retrouver seul avec la chèvre à l'air courroucé.

Il entreprit de défaire sa valise et de s'allonger un peu avant l'heure du dîner.

Il déposa son téléphone portable sur la table de nuit et remarqua que l'appareil affichait toujours l'appel manqué du Docteur Liever.

Peu après, il s'assoupit, cette question flottant alors dans son esprit : qu'est ce que le médecin pouvait-bien lui vouloir encore…?

12

Jean se présenta à l'heure dite à l'accueil. Le maître-chèvre l'attendait, sans sa chèvre. Jean s'inquiéta tout de même de ce que pouvait bien être devenu l'animal entre-temps. Il n'oubliait pas le dernier regard mauvais lancé au moment où il s'était éclipsé avec son maître.

Il se surprit d'être arrivé à l'heure, lui qui était toujours en retard, mais mit cela distraitement sur le compte de sa crainte de l'animal.

— Ah, Monsieur Delange, vous voilà ! s'exclama l'hôte en l'apercevant. Suivez-moi, je vais vous guider jusqu'à la salle capitulaire. Je dînerai avec vous. Je dîne toujours avec mes invités le premier soir.

En temps normal, cette perspective aurait plutôt contrarié Jean, mais, se présentait là l'opportunité idéale d'interroger le maître des lieux à propos d'Ana.

Il exprima donc exagérément sa satisfaction, ce qui laissa de marbre l'homme qui n'attendait certainement pas de commentaire en retour, ni de contentement, ni d'aucune autre manière.

Jean le suivit silencieusement jusqu'à la salle en question qui se révéla être aussi somptueuse que ce qu'il avait découvert de l'endroit jusqu'à présent.

Il n'était pas connaisseur mais il en perçut cependant le caractère exceptionnel. Elle comportait six piliers et douze travées. L'ornementation lui en parut très riche.

Le maître des lieux lui expliqua que les douze travées rappelaient les douze apôtres, comme les douze mois de l'année et les douze heures de la journée de travail.

Il lui relata ensuite fièrement son aventure au sein de l'abbaye, qu'il avait investie dix années plus tôt avec sa femme, Aglaé, et sa fille, Elora.

Il avait décidé à cinquante-cinq ans d'interrompre sa carrière de journaliste pour se consacrer à cet endroit dont il était tombé amoureux à l'occasion d'une escapade touristique. Son temps se partageait aujourd'hui entre la rénovation du site, les hôtes qu'il se plaisait à accueillir chaque soir et l'écriture d'articles qu'il poursuivait au gré de ses inspirations.

Son épouse, qui était plus jeune que lui, se dévouait généreusement à la cuisine pour les convives du soir et participait à l'entretien général de l'abbaye.

Elle lui fut brièvement présentée dans les formes, alors qu'elle leur apportait une très appétissante assiette garnie de cailles farcies, dont il fut annoncé que c'était là sa spécialité. De taille moyenne, elle avait une jolie chevelure blonde et des yeux souriants. Elle était vêtue d'une longue robe rouge aux motifs chamarrés dont l'élégance contrastait étonnamment avec l'accoutrement rural de son mari. Jean songea qu'elle devait être de bonne constitution pour supporter cette vie à huis clos avec un homme dont la rudesse et l'ascétisme semblaient être les caractéristiques dominantes.

Quand l'ancien journaliste eut achevé son récit - ce qui survint au moment où les squelettes décharnés des cailles furent débarrassés - il s'enfonça alors lourdement dans sa chaise en poussant un profond soupir, comme s'il avait expié son devoir d'hôtelier. Puis se tournant vers Jean, s'exclama d'une voix suffisamment forte pour le faire sursauter :

— Alors, cher Monsieur Delange, à vous maintenant ! Racontez-moi donc qui vous êtes et ce qui vous amène ici.

Jean hésita un instant : la personnalité singulière de l'homme n'encourageait pas la confidence.

Il s'emplit d'oxygène puis lui résuma ce en quoi consistait sa vie très banale ; mais sans faire état de l'immixtion d'Ana dans son existence, dont il préféra retarder l'évocation.

L'ancien journaliste l'écouta avec une attention soutenue - c'est-à-dire inappropriée - comme si la vie très commune de Jean présentait de l'intérêt pour lui. La curiosité de l'insulaire isolé découvrant un étranger qui débarque confusément sur son île, pensa Jean.

Quand Jean eut achevé d'énoncer le bref condensé de sa vie, l'ancien journaliste se redressa d'une manière qui supposa qu'il entendait reprendre le contrôle de la conversation. Il installa posément ses coudes sur la table et joignit ses deux imposantes mains pour les caler sous son menton, d'un air faussement solennel.

— Dites-moi, Monsieur Delange, votre vie est tout de même incroyablement ordinaire. Cela ne vous angoisse pas ?

— Et pourquoi cela m'angoisserait-il ? répondit-Jean, piqué au vif.

— Il est tout de même insensé de vivre une vie aussi plate.

— Je ne vois pas ce qu'il y a d'insensé à cela. Au contraire, une vie ordinaire se conforme au bon sens de la manière la plus pure qui soit : c'est la complexité qui fait perdre aux choses leur sens. La simplicité révèle le sens. La simplicité est le sens. Une vie extraordinaire ne lui donne pas du sens pour autant. La vie de l'homme qui a marché sur la lune n'a pas plus de sens que celle de celui qui se contente de l'observer de son jardin. Je suis un homme sensé dont la vie a un sens simple. Voilà tout.

— Mais quel but a donc votre vie ? Vous n'en faites rien !

— Que j'accomplisse des choses simples ne signifie nullement qu'elle n'a pas de sens.

— Vous jouez sur les mots.

— Les mots que j'emploie pour décrire ma vie sont aussi simples que ma vie elle même, car je n'ai pas besoin de travestir mes paroles pour dire la manière dont je la trouve admirable.

— Ah, parce qu'en plus, vous trouvez votre vie admirable ?

— Oui, je la trouve digne d'admiration car elle est pure. Je ne fais rien qui soit en contradiction avec ce que j'aime. J'écoute mon cœur, qui me dicte ma conduite. C'est une vertu devenue rare. La plupart des gens accomplissent ce que leur ordonne leur communauté, et l'illusion de la liberté les maintient dans cette croyance affabulée qu'ils sont maîtres de leurs choix. Jean marqua un bref temps d'arrêt, comme pour laisser pénétrer sa réplique dans l'esprit hermétique du journaliste. Puis d'un ton provocateur, harangua son contradicteur : en quoi votre vie serait-elle plus exemplaire, Monsieur Defeau ?

— Elle l'est, car elle a été consciencieusement dédiée à la réalisation de mon épanouissement.

— Vous trouvez votre vie accomplie car vous avez vécu en privilégiant votre réalisation personnelle ?

— En effet, j'ai eu ce courage honorable de me consacrer entièrement à moi. Qui peut affirmer connaître mieux un individu que l'individu lui-même ? Lui seul est capable d'accomplir la satisfaction exaltée de son propre dessein. Tout le monde devrait se vouer entièrement et vraiment à soi. Ce serait la garantie parfaite de la réussite de cette œuvre. Les gens se dispersent en s'intéressant vaguement à eux et négligemment aux autres. Au final, les deux orientations opposées se dispersent pour se perdre dans la futilité. Tout le monde est perdant.

— C'est grotesque. La vie n'a de sens que si l'on se consacre aux autres.

— J'ai passé ma vie à observer et à étudier les autres, Monsieur Delange. Je n'y ai rien trouvé qui mérite une telle consécration. Encore moins un sens. Je laisse ce sens là à ceux qui pensent naïvement que les autres méritent le sacrifice de soi. Cela les occupe et leur évite de s'apitoyer sur leur triste sort. Moi, j'ai l'honnêteté d'admettre que je ne peux rien leur apporter, aux autres.

— Pourquoi n'aimez-vous pas les autres ?

— Je n'ai pas dit cela ! Ce n'est pas parce que je ne me consacre pas aux autres que je ne les aime pas. Au contraire, j'aime tous ces autres auxquels je ne touche pas et que je trouve bien mieux sans mon intervention. Si j'y touchais, je les gâcherais. Rester neutre à leur égard est sans doute la plus belle preuve d'amour que je puisse leur porter. Et c'est bien cette distance savamment dosée qui préserve mon acceptation des autres. Je ne les approche que par petites touches, par échantillonnage, comme je le fais chaque soir à l'abbaye. Le reste du temps, je reste à l'écart. Généreusement. C'est ce qui me permet de les apprécier en surface. Leur profondeur me parait bien trop sombre pour m'y plonger.

— N'y a-t-il donc personne pour qui vous auriez pu sacrifier une part de vous-même ? Votre femme, vos enfants ? demanda Jean, surpris par les propos tranchants du journaliste.

— Seules les divinités exigent de telles offrandes. J'aime ma famille sans pour autant m'offrir de manière sacrificielle. Aimer les autres ne peut justifier une abnégation entière de sa propre personne. Le renoncement de soi est une vue de l'esprit qui ignore l'égoïsme inhérent et intrinsèque de chacun et qu'il ne saurait être capable de transfigurer. Votre vie si morne en est la démonstration par l'absolu. Au fond, vous consacrez l'irréfutable preuve de ma théorie. Votre vie si simple, et purement tournée sur vous-même est un chef-d'œuvre d'égoïsme qui témoigne de votre incapacité à aimer vraiment. Vous dites placer l'amour des autres au-dessus de votre propre estime personnelle, mais êtes-vous vraiment capable d'aimer au point de supplanter votre propre personne ?

Face à cette cuisante conclusion, Jean se figea. Il pensa évidemment à Ana. Cette femme qui avait fait irruption dans le fœtus parfait de sa vie et qui y avait introduit un germe affolant. Plus rien n'était pareil depuis ce soir là ; depuis ce baiser qui avait défiguré sa vie.

— Si, il y a quelqu'un qui a été capable de provoquer cela, avoua Jean. Mais ça ne compte pas, admit-il. Ce quelqu'un là est hors de portée des autres.

— Pourquoi cela ?

— Parce que ce quelqu'un là est un autre moi. Un moi qui serait né ailleurs, par accident.

— C'est une femme je suppose.

— Oui.

— Votre façon de voir l'amour, elle-même, est irréelle, Monsieur Delange.

— Qu'est-ce que l'amour réel ? L'amour est irréel par essence, puisqu'il échappe à tous les sens autant qu'il les exalte tous.

— Il échappe au sens car il n'a pas de sens, puisqu'il ne sert à rien.

— Comment pouvez-vous dire qu'il ne sert à rien puisqu'il est à l'origine même de la vie.

— La vie n'a pas besoin d'amour pour exister. La reproduction est un acte purement biologique, qui fonctionne tout aussi bien sans amour.

— Certes, mais admettez que l'accouplement sans l'amour en déconsidère le plaisir.

— Vous confondez le plaisir et l'amour.

— Je ne les confonds pas, je les marie.

— Trop facilement. L'amour nourrit le plaisir en lui donnant plus de substance, mais, le plaisir non plus, ne sert à rien ! La perpétuation de la vie n'a pas besoin de plaisir. Elle suit sa propre voie. Elle ignore la volupté. L'amour créé un remous passager, un tourbillon inutile qui n'empêche pas la vie de suivre son cours. Aussi violent puissent-être les rapides qui l'agitent. Quoi qu'il arrive, la vie poursuit son propre but : se perpétuer. L'amour n'est qu'un soubresaut sans conséquences.

— Pourtant, cette femme a changé le cours de mon existence, s'insurgea Jean. Elle m'a désorienté, dispersé, détourné. Il n'y a que l'amour qui soit capable de tels détournements. Il façonne les hommes, comme les fleuves créent les canyons. C'est bien cette force là qui transperce les reliefs, qui ouvre les voies, qui affirme les passages. C'est bien l'amour qui rend possible ce qui ne l'est pas. La continuité de la vie est sans aucun doute notre destination, mais l'amour en est le vaisseau. Toute l'agitation humaine ne sert qu'à occuper les âmes perdues qui n'ont pas réussi à découvrir le sens de leur vie. A ces mots, Jean baissa les yeux et inclina légèrement son visage, visiblement ému. Puis comme se parlant à lui-même, reprit d'un ton plus doux : cet amour m'a conduit dans un endroit où je n'aurais jamais pensé aller. Il m'a conduit au cœur d'une vallée perdue, dans une vieille abbaye, à cette table…

— C'est pour cette femme que vous êtes là ?

— Oui.

— Elle vit à Mont-aux-Dames ?

— Je ne sais pas. Elle y est venue. C'est tout ce que je sais.

— Et vous la recherchez ?

Jean lui raconta alors Ana, le baiser, son accident, son coma, son réveil, Nathalie. Bref, toute l'histoire, jusqu'à sa présence ici, à l'abbaye, à la recherche d'Ana.

L'ancien journaliste le considéra alors un long moment, tout en réfléchissant avec une ostensible profondeur. Il but d'un trait la tasse de café qui venait de lui être servi, puis se leva.

— Monsieur Delange, je vais prendre congé et vous souhaiter une bonne soirée. Nous nous verrons sans doute demain.

Jean le regarda, surpris par cette dérobade inattendue, puis il l'interpella.

— Vous n'allez pas me dire si elle a séjourné ici ?
— Non.
— Mais pourquoi ?
— Je vous laisse y réfléchir. Bonne nuit Monsieur Delange. Le petit déjeuner est servi à huit heures. A demain.

Sur ce, l'abbayiste se leva et quitta la pièce.

Jean réalisa alors qu'il venait peut-être de compromettre son ultime chance de retrouver Ana. De toute évidence, le caractère de cet homme n'était pas de ceux qui se laissent infléchir si facilement.

Mais ce qui troubla par ailleurs Jean fut la tournure surprenante qu'avaient pris leurs échanges et son propre comportement vis-à-vis du journaliste.

Lui qui était habituellement si réservé, animé naturellement d'un discours si convenu, s'était laissé porter par un flot de paroles verbeuses qui ne lui ressemblaient pas.

Pour autant, il avait pris plaisir à cette conversation, au cours de laquelle quelque chose en lui s'était exalté.

Il pensa alors au Docteur Liever et à ses mystérieuses hypothèses. Peut-être que tout cela était lié à son coma et à ce que lui avait exposé le médecin.

La fatigue de cette journée s'abattit soudain sur ses épaules. La meilleure chose qu'il avait alors à faire était de s'accorder une longue nuit de sommeil.

13

Jean se réveilla le lendemain matin parfaitement reposé. Sa soirée de la veille avec le maître des lieux lui apparaissait sous une lumière plus favorable.

Il espéra que la nuit de l'ancien journaliste avait été tout aussi apaisante, et aurait dissipé leur étrange conversation de la veille. Peut-être se sentirait-il alors plus enclin à lui révéler si Ana avait séjourné à l'abbaye.

En attendant, Jean se rassura en pensant qu'il pourrait tout aussi bien interroger son épouse, qui lui était apparue nettement plus abordable.

Cette nouvelle journée se présentait sous les meilleurs auspices, à commencer par le petit-déjeuner abbatial préparé par Madame Defeau, dont Jean se réjouissait de découvrir les douces saveurs vantées par son mari.

Quand il arriva dans la salle capitulaire, un couple était déjà installé. Un couple étrange remarqua Jean. La femme était diamétralement forte, blonde, et devait avoir la cinquantaine passée. Un maquillage vulgaire à dominance pourpreuse colorait exagérément son visage bouffi. L'homme, quant à lui, avait des allures de tendre jeunesse. Il ne devait pas avoir plus de vingt-cinq ans. Il portait des lunettes à montures épaisses en plastique noir égayées de longs cheveux bruns follement bouclés. Il contrastait avec la forte dame à tous points de vue, mais plus encore par sa maigreur chétive. Le tout était accompagné d'un air sot et coupable, comme s'il se trouvait surpris dans une situation incestueuse.

Jean s'installa à la même table que la veille et attendit l'arrivée de Madame Defeau, en se demandant si son mari lui avait relaté leur conversation de la veille. Quand elle arriva, un instant plus tard, son attitude ne lui en dévoila rien, car elle se comporta avec lui de manière aussi aimable et souriante que la veille.

Il prit son petit-déjeuner sans l'aborder. Son mari ne parut pas.

Il jugea plus propice d'engager la conversation au moment plus relâche où elle vint pour débarrasser sa table. Il nota qu'elle avait l'habitude de conter leur aventure au sein de l'abbaye ; ce qu'elle réalisa dans une version plus pittoresque que celle de son mari qui, elle, était excessivement journalistique. Il apprécia à sa juste valeur son récit puis l'interrogea avec un intérêt sincère sur sa vie dans l'abbaye, jusqu'à en arriver à l'ultime objet de sa curiosité : Ana.

Il apprit alors avec une âpre déception qu'à l'époque où Ana avait disparue et était sensée avoir rejoint Mont-aux-Dames - aux environs du début du mois de juillet - elle s'était absentée de l'abbaye pendant plus d'un mois. Elle avait été remplacée durant cette période par une personne extérieure à la ville, que son mari s'était chargé de recruter et qu'elle ne connaissait pas. Jean n'avait donc aucune chance de pouvoir l'interroger.

Il en résultait que la seule personne présente à l'abbaye durant la période qui l'intéressait, et susceptible de lui apporter les renseignements recherchés, était son mari.

Jean allait donc devoir trouver un moyen de faire parler l'austère journaliste.

Mais avant cela, il devrait patienter, car Madame Defeau l'avait informé que son mari serait absent toute la journée.

Il décida d'abord d'appeler le Docteur Liever. La scène de la veille avec le journaliste l'avait troublé au point qu'il ressentait le besoin d'en parler. Le médecin semblait être la personne la mieux indiquée, puisqu'il s'intéressait à son cas avec un intérêt et un empressement des plus marqués.

Il regagna sa chambre tout en songeant à la manière dont il pourrait bien lui relater cet épisode sans que cela ne lui paraisse trop saugrenu.

Le médecin lui avait confié son numéro de téléphone portable, ce qui lui permit de le joindre aussitôt.

— Bonjour Docteur Liever. J'ai vu que vous m'aviez appelé hier. Vous avez du nouveau ? demanda-t-il avec un détachement calculé.

Le médecin eut un moment d'hésitation. Il fut d'abord surpris que Jean le rappelle, lui qui s'était montré aussi peu coopératif lors de leurs derniers échanges. Il s'étonna aussi du ton plus affable qu'affichait Jean, ce qui ne manqua pas de l'inquiéter légèrement.

— Bonjour Monsieur Delange. Comment-vous sentez-vous ?

— Très bien, exagéra Jean. Que vouliez-vous me dire, hier ?

— Je voulais simplement vous dire que certaines orientations de mes recherches se dirigeaient vers des aspects, disons, moins conventionnels.

— Moins conventionnels ?

— Oui, vos résultats sont si atypiques qu'ils ne correspondent à rien de ce qui a déjà été relevé ou identifié dans des cas similaires. En tout cas, rien qui aurait été publié. Et… je souhaiterais que vous m'autorisiez à aller plus loin. Je réitère donc ma proposition d'examens complémentaires, je souhaiterais essayer…

Jean le coupa aussitôt.

— Docteur Liever, je comprends votre démarche, mais je suis actuellement dans le Jura pour… une affaire importante. Donc, pour le moment, ce n'est pas possible. Il va falloir vous contenter des examens que vous avez déjà réalisés.

A cet instant, Jean marqua un temps d'arrêt. Comme un gymnaste s'apprêtant à s'élancer pour réaliser son mouvement et qui prendrait une dernière inspiration avant de s'engager.

Il reprit alors.

— Par contre, je voulais vous faire part de… quelque chose.

Jean lui relata alors son curieux échange de la veille avec Edgar Defeau et la manière très inhabituelle avec laquelle il s'était exprimé ; un comportement qui ne lui était pas à proprement parler étranger, mais pas familier non plus ; un peu comme lorsqu'on croise une personne dont on pense reconnaître le visage mais dont ne parvient pas à retrouver l'identité, ni à se souvenir à quelle occasion on en a fait connaissance.

Il lui dit l'exaltation qu'il ressentit alors, comme si tout cela n'était pas nouveau, mais avait simplement été enfoui en lui depuis toujours, et que son coma aurait dévoilé, ou libéré, d'une certaine manière.

— Tout cela est très curieux, dit le docteur Liever. Ce sont des éléments surprenants qui me paraissent toutefois très intéressants.

Il lui posa ensuite quelques questions supplémentaires, pour s'assurer d'avoir bien apprécié ces nouvelles données, puis il termina par quelques paroles réconfortantes et lui promit de le recontacter très rapidement.

Il ne restait plus à Jean qu'à occuper sa journée en attendant l'heure du dîner, et l'occasion d'approcher à nouveau Monsieur Defeau.

Il envisagea un instant d'interroger les commerçants proches de l'abbaye à la recherche d'éléments nouveaux, mais il se dit que cette démarche était probablement inutile. Le passage d'Ana à Mont-aux-Dames, si tant est qu'elle y soit restée plusieurs jours, remontait à plus de trois mois, en plein mois de juillet, à une période de l'année où le tourisme battait son plein. Madame Defeau lui avait expliqué qu'à cette période de l'année, de nombreuses personnes extérieures à la ville étaient recrutées par les commerçants pour les aider à faire face à cet afflux massif de touristes. Il y avait donc très peu de chance pour qu'il puisse obtenir des informations par ce moyen.

La journée était belle et ensoleillée. Il décida donc d'en profiter pour découvrir la ville.

14

Il revint à l'abbaye en fin d'après-midi et usa du temps qu'il lui restait avant le dîner pour découvrir l'église de l'abbaye, qu'il n'avait pas encore visitée.

Elle avait également été rénovée. Son architecture était assez classique. Seul son clocher se distinguait par la qualité de son toit en ardoises qui était agrémenté de nombreux ornements.

Il pénétra dans l'édifice qui lui parut au premier abord être vide.

En progressant dans la nef, il aperçut cependant une femme assise au premier rang, la tête légèrement baissée.

Il s'approcha doucement et entreprit de s'installer un peu plus loin.

Quand la jeune femme l'entendit, elle se tourna aussitôt vers lui.

— Bonjour.

— Bonjour, répondit Jean

— Vous résidez à l'abbaye ?

— Oui.

— Je m'appelle Elora. Je vis ici. Vous devez être Monsieur Delange ?

— Oui en effet. Je…

— Mon père m'a parlé de vous. Vous avez dîné avec lui hier soir, n'est-ce pas ?

Jean se remémora alors les paroles de la veille d'Edgar Defeau. Il se rappela qu'il lui avait parlé de sa fille Elora, qui participait également à la vie de l'abbaye quand ses études d'architecture lui en laissaient un peu le temps.

— Oui, c'est exact, admit Jean avec appréhension, craignant que l'exposé qui lui avait été fait par son père sur leur dîner en tête-à-tête n'ait pas été à son avantage.

Le visage de la jeune femme était très surprenant. Jean n'aurait pu dire qu'elle était jolie ou vilaine, car elle n'était ni l'un ni l'autre, et les deux à la fois. La partie supérieure de son visage était ravissante. Elle avait de très beaux yeux, pénétrants, et un nez fin et gracieux. A l'opposé, la partie inférieure de son visage s'enorgueillissait de proportions plus masculines. Sa mâchoire trop large lui donnait un air féroce. Un air carnassier. On aurait pu s'imaginer que ses parents avait transmis chacun une partie de leur visage à leur fille ; en décidant, suite à une âpre discussion, de conférer à la partie supérieure du visage, celui de sa mère, et à la partie inférieure, celui de son père. Sa chevelure, quant à elle était une fusion des deux : longue et soyeuse comme celle de sa mère, mais brune et bouclée, comme celle de son père.

Elle portait une robe légère descendant jusqu'à mi-cuisse, diaprée d'un entrelacs de motifs bleus et jaunes. Un gilet de laine fine de couleur bleu pâle lui couvrait les épaules.

Elle se leva alors et se rapprocha de Jean, tout en lui tendant la main, qui fort heureusement, tenait plutôt de sa mère.

— Je suis heureuse de vous rencontrer, lui dit-elle en lui serrant délicatement la main que Jean lui avait tendue en échange. Mon père m'a parlé de vous, ajouta-t-elle, avec une expression qui affichait clairement son étonnement.

— Il vous a parlé de moi ? s'étonna Jean à son tour, mais pour des raisons bien différentes, s'imaginant la floraison de qualificatifs peu élogieux que le père de la jeune femme avait probablement distribué à son endroit.

— Oui.

— En mal, je suppose.

— Pas du tout. Pourquoi croyez-vous cela ?

— On ne peut pas dire que nos échanges se soient déroulés dans les meilleurs termes.

— Détrompez-vous. Vous avez réussi à surprendre mon père. Et croyez-moi, ce n'est pas facile. D'ailleurs, il ne me parle que rarement des résidents avec qui il dîne.

Jean fut très surpris par cette réflexion, au point qu'il observa attentivement la jeune femme afin d'identifier si elle paraissait sincère. Il lut sans hésitation dans ses yeux qu'elle l'était.

— Et que vous a-t-il dit exactement ?

— Ça, je ne vous le dirai pas. Vous n'aurez qu'à lui poser la question directement, si cela vous intéresse tant.

— Je ne suis pas si sûr que cela m'intéresse, en définitive. Parlez-moi donc de votre père. C'est un personnage surprenant…

Sur ce sujet, la jeune femme ne se fit pas prier. Au contraire, elle lui en parla avec un plaisir évident, le décrivant comme un homme extraordinaire, à l'intelligence pétillante et au courage admirable. Elle lui relata avec passion ses nombreux combats au cours de sa carrière de journaliste, de toutes sortes, et pour des causes aussi surprenantes que variées, en fonction de ses aspirations variables. Elle lui fit la description d'un homme aux multiples facettes, capable d'un engagement profond pour les causes qu'il croyait justes, fussent-elles parfois de grande vertu ou au contraire ridiculement futiles.

— Vous avez l'air de beaucoup l'admirer, conclut Jean lorsqu'elle eut achevé de faire l'éloge nourri de son père.

— Oui, énormément. C'est un homme fabuleux et très intelligent, sous ses aspects bourrus et malgré ses idées… abruptes, dit-elle en accompagnant cette dernière remarque d'un sourire compréhensif.

— J'avais bien perçu qu'il était différent de ce que son… aspect laisse supposer, se contenta de répondre Jean.

— Vous n'êtes pas ici pour faire du tourisme, n'est-ce pas ? lui demanda-t-elle en changeant de sujet.

— Votre père ne vous l'a pas rapporté ?

— Si tel avait été le cas, je ne vous aurais pas posé la question. Il n'y a rien qui me paraisse aussi pesant que de poser des questions dont je connaisse la réponse. Je crois avoir au moins hérité cela de mon père. Je ne fais jamais semblant.

Jean se sentit immédiatement en confiance avec cette jeune femme, qui malgré son jeune âge, présentait une maturité étonnante. Ses paroles franches et directes rayonnaient de sincérité et bouillonnaient de l'intelligence dont elle avait manifestement hérité de son père ; au même titre que sa mâchoire proéminente. Jean se demanda s'il pouvait y avoir un rapport entre cette dernière et son franc-parler : l'authenticité d'un discours se mesurerait-il à la proportion de la mâchoire qui le prononce ? Alors, les petites mâchoires préfigureraient-elles des dissimulateurs et des fallacieux ?

Jean lui confia alors simplement et honnêtement son histoire et les raisons de sa présence à Mont-aux-Dames. Il lui résuma également ses échanges avec son père et le statu quo actuel de ses recherches.

— Je ne sais pas si mon père vous dira ce qu'il sait à propos de votre Ana, car il suit toujours sa logique propre et il ne prend position que sur ce qu'il croit juste. Mais ce que je peux vous conseiller, c'est de rester vous-même et de ne pas tenter de lui forcer la main. S'il croit juste de vous dire ce qu'il sait, il vous le dira, sinon, je ne vois pas bien ce qui le fera changer d'avis... Bonne soirée. Nous nous reverrons, je pense...

Et la jeune femme se leva. Elle lui offrit un charmant sourire – aussi charmant en tout cas que ce que lui permettait son opulente mandibule – et quitta l'église sans un bruit, laissant Jean seul avec ses réflexions.

Jean s'adossa lentement au banc et réfléchit aux paroles de cette surprenante jeune femme. Il était charmé par sa personnalité dont la spontanéité et l'élégance fredonnaient désormais en lui comme une agréable ritournelle.

Ce sentiment délicieux s'accompagna d'un doux élan de sympathie dont il n'avait plus été bercé depuis bien longtemps.

Mais ce qui l'avait particulièrement touché était la manière si admirable dont elle avait décrit son père.

Il se rappela alors ce samedi du mois de juillet. Il venait d'avoir sept ans.

Comme chaque samedi, Jean passait la journée entière avec son père. C'était un moment privilégié que son père lui consacrait. Les activités professionnelles prenantes de son père ne lui laissaient guère le temps de voir son fils durant la semaine. Le samedi était donc le jour qu'il lui réservait, comme pour rattraper le temps perdu de la semaine ; à la manière dont celui qui aurait été privé de sommeil plusieurs nuits successives rattraperait son retard en dormant douze heures d'affilée.

Ils passaient cette journée dans leur adorable petite maison de campagne, qui se trouvait logée dans un minuscule village situé à une heure de route de leur habitat principal et dont l'accès se faisait par une petite route départementale serpentant entre les champs cultivés et les bois qui jalonnaient le paysage.

Le village était constitué d'une rue unique et de quelques maisons éparses distribuées aux alentours.

Chaque été, après le dîner, ils se régalaient d'une petite promenade par laquelle ils accompagnaient le coucher du soleil. C'était un rituel immuable qu'ils partageaient avec la complicité attendrissante que l'on s'émeut toujours à observer entre un père et son petit garçon.

Un chemin pédestre menait du village à un petit étang situé à quelques centaines de mètres en contrebas. Le chemin s'infiltrait au cœur d'un bois de sapins dont les odeurs de résine marquées se diffusaient avec générosité. Ce parfum représentait pour Jean un symbole absolu de paix : la colombe des effluves arboricoles.

Il aimait par dessus tout ce moment unique où il se retrouvait seul avec son père.

Ils parcouraient le chemin menant à l'étang, la petite main de Jean parfaitement calée dans celle de son père. Le trajet se faisait parfois sans un mot, chacun goûtant en silence le plaisir parfait de ce moment protégé. On n'entendait plus alors que le crissement sous leurs pas du gravier décorant le chemin, comme une mélodie simple escortant leur bonheur.

Ils s'arrêtaient un instant à l'orée de l'étang pour en contempler la beauté fluide. Des roseaux de hautes tailles en parsemaient souverainement les rives, comme autant de monarques qui se seraient entendus pour se partager sans conflit le pouvoir de ce royaume d'un autre ordre, peuplé d'une armée de colverts aux allures pacifiques.

Les canards devaient les entendre s'approcher car ils se trouvaient toujours là à leur arrivée, nageant avec pureté près de la berge, comme une garde d'honneur saluant leur arrivée. Le père de Jean plongeait alors sa main dans sa poche et en ressortait un morceau de pain rassis qu'il n'oubliait jamais d'apporter à leur attention. Il le découpait en morceaux ajustés qu'il tendait à Jean, comme le font tous les pères. L'enfant les lançait alors joyeusement aux canards, qui les happaient adroitement de leur bec aplati.

Ils poursuivaient ensuite leur chemin, contournant le petit étang par son flanc droit et le longeant ainsi jusqu'à sa partie septentrionale. Là se situait un petit ponton qui s'avançait sur l'étang sur une vingtaine de mètres environ. Ils avaient l'habitude de l'emprunter pour y réaliser leur escale favorite, à son extrémité. La lumière rasante du soleil couchant irradiait l'endroit comme un feu liturgique. Le croyant fervent y aurait vu une oraison crépusculaire ; un sacrement sanctifiant l'Harmonie dans sa forme la plus accomplie.

Au bout d'un moment qu'ils auraient souhaité l'un et l'autre doué d'éternité, ils abandonnaient à regret cet éden rougeoyant pour reprendre leur périple et achever d'enlacer l'étendue d'eau par la rive opposée.

Ce jour là, alors qu'ils remontaient le ponton, le père de Jean, dans une manœuvre qui parut maladroite, glissa et tomba à l'eau. Jean pensa que son père avait mal apprécié sa trajectoire et s'était probablement déporté un peu trop près du bord. Il s'en amusa sur l'instant comme un enfant de sept ans empreint d'innocence joviale, qui voit son père tomber bêtement à l'eau. Il se mit à genoux sur le bord du ponton en rigolant, prompt à se moquer de son père au moment où il referait surface. Il attendit ainsi un instant qui lui parut soudain anormalement long. Son père aurait déjà dû reparaître. Il pensa alors qu'il lui faisait une farce ; qu'il allait soudain surgir de l'eau comme un monstre marin rugissant et éclaboussant. Comme il ne reparaissait toujours pas, il se reporta de l'autre côté du ponton, soupçonnant que son père eut peut-être poussé sa ruse jusqu'à nager par-dessous pour émerger en silence de l'autre côté. Mais il n'y était pas non plus. Il commença alors à s'inquiéter et appela son père, à plusieurs reprises, de manière de plus en plus affolée, passant d'un bord à l'autre dans une panique grandissante. Il ne voyait toujours pas son père. Il remonta le ponton jusqu'à la rive, pensant qu'il l'avait peut-être regagnée pour sortir plus facilement de l'eau. Il n'y était pas. Il fit alors plusieurs aller-retour, en scrutant l'eau de l'étang de chaque côté du ponton. Il continuait à appeler son père, en hurlant désormais. Cela faisait plusieurs minutes que son père était tombé à l'eau. A sept ans, il savait déjà qu'on ne pouvait pas rester aussi longtemps sous l'eau. Il se passait quelque-chose d'anormal, de terrible. Cette certitude grandissait alors en lui à chaque seconde supplémentaire où son père ne reparaissait pas.

L'eau avait retrouvé son immobilité : les ondulations désordonnées provoquées par la chute de son père avaient disparu. Un silence morbide pesait désormais sur l'étang. Ce même silence sécurisant qui l'imprégnait quelques minutes plus tôt, s'était mué en un vide effrayant et assourdissant. Les couleurs chatoyantes et rassurantes avaient été effacées au profit d'une éclipse noire et glaciale : l'ombre sinistre de la terreur absolue d'un petit garçon se retrouvant seul, prostré à l'extrémité du ponton, observant avec un espoir insensé les canards qui s'étaient approchés et qui allaient peut-être lui rendre son père. Les canards restèrent là quelques instants auprès de lui, espérant quant à eux une nouvelle ration de pain. Quand ils comprirent que celle-ci ne leur serait pas distribuée, ils firent demi-tour, indifférents au désespoir du petit garçon qui comprit que le miracle n'aurait pas lieu.

Il apprit plus tard que son père avait eu une attaque cérébrale foudroyante. Il n'avait probablement pas senti la fraicheur de l'eau au moment où il y pénétra. Il était déjà mort quand il s'était enfoncé dans l'eau sombre.

Le petit Jean resta figé sur le ponton, ne parvenant pas admettre que son père l'avait abandonné là, seul, lui retirant en même temps son plus grand bonheur.

La nuit tomba sur sa terreur et sa désolation.

Il resta ainsi plusieurs heures, jusqu'à ce que d'improbables faisceaux de lumière apparaissent du néant, que des voix rompent ce silence mortuaire et que des bras affolés l'emportent.

Comme chaque fois qu'il se remémorait ce terrible samedi soir, Jean ressentit toute l'angoisse et la terreur de cet évènement cruel.

Quelques larmes avaient roulé le long de ses joues mal rasées.

Il se leva et regagna alors sa chambre. Il était bientôt l'heure du dîner.

Le moment du retour de Monsieur Defeau approchait donc.

15

Jean immergea dans la salle capitulaire peu après dix-neuf heures. Le couple dépareillé de la veille était déjà là. La forte dame était toujours aussi blonde et vulgaire et le jeune homme ne s'était pas défait de son air sot. Cet assemblage désolant lui parut encore plus impossible.

A une table voisine, un trio de femmes d'un âge plus avancé était apparu et s'était positionné tel un triptyque grisonnant et rigolant. Les trois œuvres féminines portaient une coiffe semblable, faite de cheveux ébouriffés d'un gris assumé. Les pantalons de toile multi-pochés dont étaient dotées les trois compagnes révélaient leurs desseins aventuriers dans ce lieu idéalement propice aux excursions sportives. Une exaltation nourrie, propre aux défis enivrés, animait la pièce avec l'ardeur d'un joyeux pétillement.

Jean salua discrètement ce beau monde, qui lui renvoya son salut avec plus ou moins d'humeur, suivant la tablée dont il provenait. Il s'installa à la table qui consacrait désormais ses habitudes naissantes, puis y déposa le roman policier qu'il avait choisi d'élire pour compagnon de soirée, dans l'attente impatiente du passage de l'homme qu'il espérait pouvoir aborder sous une nouvelle aube ; plus favorable évidemment.

Le repas fut servi. La recette du jour mitonnée par Madame Defeau consistait en un magret de canard élevé à l'abbaye, accompagné d'une purée de potiron et de châtaignes grillées.

Après avoir terminé la dégustation de ces délices, il se plongea dans son roman.

Quelques minutes plus tard, alors que son attention était suspendue à l'imperméable gris pâle de Wilfried Le Canardeur, dont la spécialité criminelle consistait à canarder ses victimes avec une sauvagerie démente, et alors qu'il s'apprêtait justement à liquider Jean-Jean le poissonneux, il eut soudain le sentiment qu'on l'observait.

Il se réjouit aussitôt en pensant qu'Edgar Defeau venait de faire son apparition, mais alors qu'il releva son visage avec l'entrain de ceux qui voient enfin survenir ce qu'ils attendaient tant, son corps tout entier se glaça d'effroi ; il découvrit avec stupeur que ce n'était pas lui qui l'avait rejoint, mais sa chèvre revancharde.

Elle se tenait là, sur sa droite, à moins d'un mètre de sa table. Droite sur ses quatre pates bandées, elle le fixait de ses yeux sombres et de sa méchanceté purulente. L'animal hargneux avait froidement fomenté sa vengeance. Depuis l'arrivée de Jean et son intrusion fautive dans l'abbaye, la bête n'avait pas digéré l'affront qui lui avait été fait. Elle n'avait pas admis que cet individu pénètre impunément sur le territoire dont la garde lui avait été confiée. L'intrus avait bafoué son honneur chevrier et il était inconcevable qu'il s'en tire à si bon compte. Elle avait attendu, patiemment, que se présente le moment adéquat, l'instant propice où elle le retrouverait et lui ferait payer son offense, et laverait ainsi son déshonneur.

C'est tout ce qu'il lisait dans son regard habité de diablerie.

Jean risqua un œil en direction des autres tables, espérant un improbable secours auprès des autres dîneurs. Mais aucun n'avait repéré la bête ni la scène terrible qui se jouait à proximité. L'animal sournois s'était introduit en silence, avec l'agilité maligne d'un prédateur furtif, sans que personne ne soupçonne son irruption hostile. Jean imagina sans peine l'animal se faufilant sans un bruit, sur la pointe de ses sabots effilés ; se tapissant, rampant même, pour échapper à l'attention virevoltante des festoyeurs. Il avait aisément reniflé sa proie et s'en était rapproché de manière aussi invisible qu'un félin avide. La chèvre s'était alors positionnée avec cet air bravache dans lequel Jean l'avait découverte, attendant patiemment que sa victime le devine enfin et qu'elle réalise que son sort était scellé : la proie ne pouvait désormais plus lui échapper et tout se jouerait dans un tête-à-tête frontal et violent.

Alors qu'il réfléchissait à la manière d'échapper à l'affrontement dont il craignait bien ne pas sortir vainqueur, Jean songea soudain au petit échantillon de parfum qu'il conservait toujours sur lui pour satisfaire à un besoin immédiat d'offrir une agréable fragrance. L'objet se trouvait dans la poche intérieure droite de sa veste. Il présuma que l'odorat de ces mammifères, qui, même s'il ne devait pas être aussi sensible que chez les canidés, présentait tout de même chez les herbivores une sensibilité nettement supérieure à celle de l'homme. Il considéra qu'il pouvait probablement retourner cet avantage du sens contre son agresseur par la chimie de son arme olfactive miniature. Une vaporisation bien dirigée pourrait peut-être dissiper les velléités combatives de l'animal.

Il fixa alors avec audace l'animal, comme s'il souhaitait le maintenir à distance quelques instants par la force de son regard, et remonta doucement sa main gauche le long de son abdomen en direction de la poche en question. Il faufila ses doigts à l'intérieur de sa veste, puis les plongea doucement dans sa poche intérieure droite, jusqu'à ce que son index gauche rencontre l'objet. Il le saisit délicatement entre son index et son pouce et sortit l'arme chimique de son étui, tout en ramenant sa main hors de la veste. Il souleva alors tranquillement sa main droite qui était restée jusque là posée avec neutralité sur la table, et opéra le transfert de l'arme de sa main gauche vers sa main la plus habile, qui se trouvait aussi être la plus proche de la cible.

Pendant toute la durée de l'opération, l'animal était resté stoïque, ne percevant sans doute pas l'assaut qui se préparait. Il sembla néanmoins à Jean que la respiration de l'animal se faisait plus pressante. L'attaque imminait.

Le petit échantillon se trouvait alors parfaitement disposé dans la main droite de Jean, la partie inférieure solidement calée dans son poing fermé et l'index positionné sur la partie supérieure du vaporisateur, prêt à faire feu. Il entreprit alors de diriger son arme en direction de l'animal. Il déploya délicatement son bras en direction de sa gueule jusqu'à ce que sa main arrive à une trentaine de centimètres de la cible. L'orifice du vaporisateur se trouvait désormais parfaitement dirigé sur la muqueuse de la bête. Alors, sans sommation, Jean appuya sur la tête du petit vaporisateur et fit feu. L'arme réagit immédiatement : une formidable giclée d'*Eau Sauvage* atteint de plein fouet ses naseaux.

L'animal ne s'était pas méfié et fut magistralement surpris par l'offensive. Une belle portion du liquide vaporeux avait pénétré directement dans l'orifice nasal. La première réaction de l'animal fut de surprise : le regard de l'assaillant trahit furieusement son effarement. La surprise se mua alors en une sorte de convulsion frénétique.

Jean avait mis dans le mille. La chèvre éructa violemment, à plusieurs reprises, dans une série qui sembla ne jamais s'arrêter. Puis elle se cambra et se projeta en arrière, comme si elle voulait échapper à l'agression interne qui la dévorait. Elle réitéra la manœuvre à plusieurs reprises, avec une force surprenante.

Jean réalisa que les autres dîneurs étaient désormais tous tournés vers la scène aussi burlesque qu'insensée qui se déroulait sous leurs yeux médusés. Il se demanda si la surprise qui se dépeignait dans leurs yeux effarés relevait davantage de la présence incongrue de l'animal dans la salle à manger ou de la danse folle à laquelle il se livrait dans une spirale irréelle.

La chèvre se mit alors à se ruer en tous sens, dans ce qui était devenu une sorte de transe furibonde. Jean présagea que la colère avait désormais succédé à la douleur de l'irritation de ses muqueuses, ce qui éveilla en lui une angoisse grandissante. Evidemment, il ne s'était pas attendu à ce que le produit occasionne une réaction aussi marquée.

Soudain, alors qu'elle se trouvait désormais à l'autre bout de la pièce, à cinq ou six mètres de la table de Jean, la bête s'immobilisa enfin, haletant. Une écume mousseuse s'expulsait de ses naseaux au rythme saccadé de ses expirations. Une bave mousseuse s'écoulait généreusement de sa gueule béante. L'animal se tourna alors vers Jean, furieux. Il abaissa vivement la tête, pointa son crâne corné dans sa direction et se mit soudain à charger furieusement. Jean n'eut pas le temps de réagir. Déjà l'animal arrivait sur lui et percutait d'abord le côté de la table avant de le heurter directement au niveau des côtes. La table fut violemment projetée et tout ce qui s'y trouvait s'envola alentour dans un vacarme indescriptible. Jean, quant à lui, fut éjecté en arrière avec sa chaise qui se renversa en l'accompagnant dans un mouvement solidaire. Il s'affala alors bruyamment sur le sol dallé, tandis qu'il aperçut ses jambes monter à la verticale dans un élan burlesque et se retrouver derrière lui, l'entraînant dans une ridicule roulade arrière.

C'est alors qu'il entendit les vociférations du maître de l'animal, qui arrivé sur ces entrefaites, et probablement alerté par l'un ou l'autre des témoins de l'attentat, s'était sans doute précipité pour maîtriser la bête acharnée.

Tandis que Jean reprenait contenance, il l'entendit invectiver l'animal avec autant de force que l'abominable évènement le justifiait.

Quelques minutes plus tard, la bête était maîtrisée et remisée ; la table de Jean rétablie et réassortie ; Jean repositionné sur sa chaise ; le couple Defeau répandu en excuses.

Edgar Defeau, contrit, expliqua à Jean qu'il ne parvenait pas à comprendre ce qui avait bien pu prendre à l'animal ; qu'une telle agression ne s'était jamais produite, que l'animal était d'ordinaire doux et inoffensif et qu'aucun signe annonciateur n'aurait pu prédire un comportement aussi inexplicable.

Evidemment, Jean se garda de dévoiler l'épisode du vaporisateur - pièce à conviction qui avait sans doute été dispersée dans la bataille – et resta subtilement avare en commentaires sur l'agression dont il venait de faire l'objet.

Quelques minutes plus tard encore, Jean se fit servir, pour se remettre, une rasade de bonne gnole locale, dont les effets ne tardèrent effectivement pas à lui faire oublier l'évènement, si marquant fût-il. Le breuvage aux qualités amnésiantes fut généreusement partagé par le dresseur de chèvre dont la présence s'avéra aussi réconfortante que la boisson.

Quatre ou cinq verres plus tard, le tord-boyaux avait sublimé l'incident : la redoutable efficacité psycho-active de l'ingrédient principal de la boisson – à hauteur de cinquante-cinq degrés – avait élevé le drame au rang d'épisode hilarant, excitant à ce point les glandes lacrymales des deux protagonistes, que leurs visages pourpres et déformés se trouvaient désormais baignés d'un larmoiement incontrôlé.

Bref, un fou-rire terrassant avait saisi les deux hommes.

Quelques autres verres plus tard, Monsieur Defeau, devenu Edgar dans l'intervalle, révélait à Jean ce qu'il souhaitait tellement savoir et bien plus encore : que la belle Ana – si belle, soit dit-en passant, qu'une fille comme ça, on n'oublie pas son passage – avait bien séjourné à l'abbaye ; qu'elle y était restée deux nuits ; qu'elle s'était faite aussi discrète qu'un lapin dans son terrier et qu'elle était repartie aussi anonymement qu'elle était apparue. Fin de l'histoire.

La soirée se prolongea jusqu'à une heure indéterminée, mais manifestement bien avancée, à laquelle Jean regagna sa chambre d'un pas fort mal assuré et l'esprit vaporeux, bien que fort troublé. Les propriétés anesthésiantes de l'alcool n'étaient pas parvenues à éteindre l'excitation due à la nouvelle qu'Ana avait bien séjourné à l'abbaye.

C'est dans cet état second qu'il s'effondra littéralement dans son lit.

16

Le lendemain matin, la sonnerie bravache de son téléphone portable se chargea gaillardement de son réveil. Il remarqua en ouvrant péniblement les yeux que le jour était à pied d'œuvre depuis un bon moment, à en juger par l'intensité de la lumière pénétrant dans sa chambre. Le crâne cerclé de douleur, Jean ne partagea pas l'enthousiasme du joyeux carillonneur, qu'il pria de se taire en grommelant une incompréhensible billevesée.

Un certain dépit le porta malgré tout à accorder audience à l'auteur de l'appel : il répondit.

Il ne fut pas vraiment surpris d'entendre crépiter dans l'appareil la voix nasillarde du Docteur Liever, dont il s'accoutumait peu-à-peu à subir le rapport quotidien.

Les formalités préliminaires furent expédiées encore plus rapidement qu'à leur habitude, puis le médecin enchaîna sur ce qu'il jugea intéressant de rapporter.

— Voyez-vous Monsieur Delange, et pour essayer de rester schématique, le cerveau humain traite les informations au travers trois couches superposées : le tronc cérébral (parfois appelé cerveau reptilien), le système limbique (souvent considéré comme étant le cerveau émotionnel) et le néocortex (commun aux primates et à l'être humain). Mais la sophistication de notre système cérébral ne s'arrête pas là. Le cerveau est également divisé en deux hémisphères, le droit et le gauche, comme vous le savez certainement. Les deux hémisphères ayant leurs caractéristiques propres. Ainsi, l'hémisphère gauche est plutôt tourné vers l'extérieur, qu'il analyse continuellement. Il est spécialisé dans la pensée analytique, les raisonnements logiques et la parole. Il traite notamment les empreintes émotionnelles, leur donne un sens et organise la conscience de soi. L'hémisphère droit permet davantage de ressentir les choses, consacre l'empathie. C'est lui, notamment, qui nous donne la possibilité de déterminer si les autres sont sincères.

— Mais où voulez-vous en venir ? s'impatienta Jean, dont la douleur crânienne altérait sévèrement sa patience et par conséquent, l'intérêt qu'il était capable de porter à l'exposé théorique déployé méthodiquement par le médecin.

— J'y viens. Selon les individus et leur schéma cérébral, l'hémisphère gauche ou droit prédomine, ce qui détermine leur comportement, aussi bien dans leurs relations avec les autres que dans leur manière d'appréhender les évènements. On a déjà pu observer pour des patients dont l'un ou l'autre des hémisphères était lésé, que l'autre hémisphère prenait en quelque sorte le relais et que le schéma émotionnel de l'individu en était de ce fait modifié significativement. Il n'est pas exclu que votre coma ait pu avoir des conséquences sur cet ordre ; qu'il ait pu, d'une certaine manière, et bien que cela ne puisse rester qu'une hypothèse, provoquer une modification de votre schéma cérébral.

— Cela me parait insensé… pensa tout haut Jean. Mais de quelle manière pourrait-on vérifier cette hypothèse ?

— C'est probablement impossible à ce stade. Il aurait pour cela fallu pouvoir établir une cartographie de votre fonctionnement cérébral avant votre accident, et le comparer au schéma actuel. Ainsi, nous aurions pu relever une évolution par simple comparaison. En l'état actuel des choses, je dois donc reconnaître, d'une part, que tout ceci ne reste qu'une hypothèse, si discutable puisse-t-elle être, et d'autre part, qu'elle n'explique pas tout.

— Et que peut-on faire d'autre ?

— Hormis les examens complémentaires que je vous ai déjà proposés et que nous ne pourrons réaliser qu'à votre retour, hélas, rien. Mais si aucun autre symptôme n'apparaît, il n'y a certainement pas lieu de s'inquiéter. Après-tout, si mon hypothèse est juste et explique au moins en partie l'évolution de votre schéma cérébral, elle ne consacrerait pas vraiment une pathologie. On a déjà relevé le cas de patients dont le comportement évoluait suite à un coma profond, reprendre leur vie de manière parfaitement normale, mais avec certaines divergences de comportement, sans pour autant considérer cette évolution comme anormale ou pénalisante, en tout cas, qui ne présente pas de troubles au sens médical du terme. Dans l'état actuel des choses, je ne peux que vous proposer une observation attentive et vous inviter à me signaler toute évolution ou tout nouveau symptôme.

— Très bien, Docteur. Je vous remercie pour votre aide. Je n'hésiterai pas à vous appeler.

L'hypothèse dépeinte par le Docteur Liever lui paraissait encore incertaine, voire énigmatique. Néanmoins, d'une certaine manière, elle le rassurait car il n'y voyait rien de véritablement inquiétant. Si son schéma émotionnel avait évolué du fait d'un bouleversement du rôle ou de la prédominance de l'un ou l'autre de ses hémisphères cérébraux, cela était troublant, mais pas forcément préoccupant. Bien au contraire, Jean commençait à apprécier cet état nouveau dans lequel il se trouvait, plus sûr de lui, plus affirmé. Il se trouvait certes différent dans ses réactions ou dans sa manière de réagir mais au fond, cela n'était pas pour lui déplaire.

Le martèlement douloureux de ses tempes n'avait pas faibli, ce qui l'obligea à s'allonger un moment.

Il devait maintenant réfléchir à ce qu'il allait faire.

Edgar Defeau lui avait appris qu'Ana avait bien séjourné à l'abbaye, deux nuits durant, mais cela ne l'avançait guère. Le journaliste n'avait pu lui fournir aucune autre indication.

Elle était restée étonnamment discrète. Cette réserve contrastait avec son tempérament méridional. Ana était de nature amène et enjouée ; son humeur enthousiaste l'inclinait habituellement à de plus vives ardeurs.

L'attitude taciturne et modérée qu'elle avait montrée lors de son séjour ne lui ressemblait pas. Ce paradoxe alimenta le tourment de Jean, qui se trouvait plus que jamais déconcerté par la disparition subite et inexplicable de sa bien-aimée.

Elle n'avait rien dévoilé des raisons de sa présence à Mont-aux-Dames, et n'avait laissé aucun indice permettant de savoir ce qu'elle avait fait à l'issue de son séjour à l'abbaye.

Cette information ne présentait donc finalement guère de valeur instructive. Tout au plus, cela confirmait son passage à Mont-aux-Dames.

Une impasse obscure et angoissante se dessinait.

Et Jean n'avait aucune idée de ce qu'il convenait de faire désormais.

Il s'était imaginé que les choses seraient plus faciles. Au cinéma, les évènements s'enchaînent avec une parfaite fluidité : comme une suite de dominos s'abattant dans une cascade effrénée, chacun s'abaissant logiquement à la suite du précédent, dévoilant le suivant et prédisposant au défilé subséquent.

Son périple de pisteur en herbe était d'un tout autre genre : une suite chaotique d'évènements improbables, le conduisant en définitive dans une voie sans issue.

Ana aurait tout aussi bien pu s'envoler pour Casablanca pour un sombre motif ou s'être engagée dans un monastère tibétain, il n'avait aucun moyen de le savoir. Aucun indice probant n'aurait pu affirmer ou infirmer ces hypothèses, qui, bien qu'elles pussent paraître totalement extravagantes au premier abord, ne l'étaient peut-être pas tant que ça.

Tout était possible.

Sur ces considérations peu inspirées, il se leva et entreprit d'ordonner ses affaires laissées pêle-mêle après son retour hasardeux de sa veillée alcoolisée.

Alors qu'il se saisit d'un magazine qui était resté ouvert à la page des mots croisés, son attention fut brusquement attirée.

Il convient de préciser que Jean appréciait ce jeu de lettres populaire. Le décryptage des définitions alambiquées l'apaisait. Combler ensuite les cases blanches de la grille rectiligne - elles-mêmes entrecoupées de cases noires aux vertus équilibrantes - avait toujours su tempérer les épisodes tempétueux de sa raison, quand celle-ci se trouvait par trop agitée.

Cette croisée des mots, qui se rejoignaient par une lettre entremetteuse, à la faveur d'une rencontre entre une verticalité et une horizontalité parfaitement mesurée, était comme un duel salvateur. Il fut un temps ou certains croisaient le fer pour estourbir celui qui avait entaché leur honneur. Jean, quant à lui, croisait les mots pour fourbir une trop pressante ferveur de son esprit.

Ce qui avait saisi son attention était une inscription de sa propre main, en lettres capitales, qui avait été faite juste au-dessus de la grille : « DJAHA ».

Toutefois, il ne se souvenait pas avoir planché sur cette grille la veille au soir, bien que cette amnésie partielle n'eut rien d'étonnant compte-tenu de l'influence éthylique dans laquelle il se trouvait alors. La soirée avait été agitée et les informations reçues concernant Ana l'avaient probablement enfiévré. Il n'était pas impossible qu'il se soit alors plongé quelques instants dans cette grille pour s'endormir, comme il le faisait parfois en de pareilles circonstances.

Il n'avait néanmoins aucun souvenir d'avoir écrit cela. Et surtout, il n'avait aucune idée de ce que cela signifiait. Pourtant, c'était bien son écriture, et l'inscription avait été couchée avec la même encre que les mots qu'il avait lui-même complétés avec certitude dans la grille en dessous.

« DJAHA », quel mot étrange. Qu'est-ce que cela pouvait bien être…?

Cela l'intrigua un moment, mais ne trouvant pas de réponse, il finit par renoncer et repositionna négligemment le magazine sur la table de chevet.

Il décida alors de se délasser sous une douche qu'il envisagea brûlante, puis glacée.

Quand il eut longuement profité de cet intermède revigorant et après s'être habillé, les douze coups de midi avaient déjà résonné dans sa chambre mitoyenne de l'église abbatiale. Il s'apprêtait à sortir pour aller déjeuner à l'extérieur, quand on frappa doucement à sa porte.

Il ouvrit aussitôt. C'était Elora.

— Bonjour Monsieur Delange. J'espérais vous voir ce matin au petit-déjeuner… mais on dirait que vous avez eu un peu de mal à vous lever… ironisa-t-elle d'un air volontairement coquin, révélant par ce sourire badin qu'elle avait manifestement eu connaissance de la manière dont s'était achevée la soirée passée la veille avec son père.

— Oui, en effet. Encore une vertu héritée de votre père, je présume. Vous savez toujours tout ce qui se passe, y compris ce que vous ne devriez pas forcément savoir… plaisanta-t-il malgré lui.

— Oh, vous savez, l'abbaye n'est pas si grande. Il n'est pas besoin d'être doué de qualités journalistiques pour savoir ce qui se passe dans un si petit monde. Vous avez manqué le petit-déjeuner. Je venais vous proposer de déjeuner avec moi en ville. Cela vous tente ?

Jean accepta avec le plus grand plaisir. Il avait cruellement besoin d'une compagnie réjouissante et d'une oreille attentive à ses préoccupations. La jeune femme possédait à ravir ces favorables dispositions. Elle ne pouvait pas mieux tomber.

Elle était très élégante : elle portait un chemisier de soie ivoire et une petite jupe fluide couleur fauve, ce qui joignit l'opportun à l'agrément - c'est-à-dire l'utile à l'agréable - et combla Jean, dont l'humeur se trouva immédiatement ragaillardie.

Ils errèrent ainsi à travers la ville, par des détours à lui en faire perdre le nord, jusqu'au seuil d'un modeste restaurant qu'elle lui proposa avec enthousiasme.

Le couple y pénétra avec entrain. L'espace en était étonnamment réduit, comme si l'exiguïté intimiste consacrait le crédo de l'établissement. Le lieu était charmant et rustique, ce qui n'est pas forcément antinomique. Ils s'installèrent près d'une petite cheminée animée d'une joyeuse flambée. L'atmosphère était des plus agréables.

Ils discutèrent longuement de choses et d'autres avant d'aborder enfin le sujet d'Ana.

— Ainsi, votre Ana a bien séjourné à l'abbaye, avança-t-elle avec le même style direct que Jean appréciait chez elle.

— Oui, votre père s'est finalement trouvé enclin à me le dire. J'ai dû pour cela m'envoler d'un coup de bélier magistral de sa chèvre et absorber une quantité exagérée d'une boisson déraisonnablement alcoolisée. Vous m'aviez prévenu que ce ne serait pas facile. Vous ne m'aviez pas menti.

Elora rit franchement, lui avouant dans la foulée qu'elle aurait payé cher pour assister à la scène et à la folie inexplicable ayant frappé soudainement cette pauvre chèvre si pacifique en temps ordinaire.

Silence coupable de la victime.

— Qu'allez-vous faire maintenant ? enchaîna-t-elle.

— Je n'en ai pas la moindre idée. Je suis très loin de posséder le savoir-faire des détectives de romans policiers. En vérité, j'imaginais que ce serait plus facile et que son passage à l'abbaye m'aurait laissé d'autres indications, me menant ensuite à l'étape suivante, et ainsi de suite. Mais là, rien. Personne ne sait où elle est allée.

— Avez-vous essayé d'interroger les commerçants ?

— Non, votre mère m'a appris qu'au mois de juillet, l'affluence des touristes générait une noria de travailleurs intérimaires qui se bousculent dans les échoppes pour aider les commerçants et disparaissent aussitôt la saison terminée. Il m'a donc semblé que cette démarche était inutile, pour ainsi dire.

— Cela vaut peut-être la peine d'essayer tout de même, non ? De toute façon, vous n'avez rien d'autre à tenter, n'est-ce pas ? Si vous voulez, je vous accompagnerai cette après-midi et nous irons interroger les commerçants ensemble, comme deux détectives en dilettante.

— C'est d'accord, s'empressa Jean, retrouvant par cette proposition enthousiaste, un peu de sa confiance émoussée. C'est très gentil à vous. Mais, pourquoi faites-vous cela pour moi ?

— Je ne sais pas vraiment. Je crois que je trouve votre histoire tellement romantique. Et comme je suis un peu fleur bleue dans l'âme…

Une belle amitié couvait entre les deux limiers, dont le déjeuner en avait délicieusement relevé le goût : un vin de paille siroté en apéritif en liquora les nuances. Une salade maison à la crème de mangue l'emmiella d'une fraîche douceur. Un cabillaud en papillote en mitonna la saveur. Un Château Chalon en distilla la ferveur. Un fondant au chocolat garni de miel la nappa de grâce.

Une heure plus tard, Elora et Jean parcouraient en tous sens les rues de la ville, s'arrêtant de commerce en commerce, interrogeant les autochtones, à la recherche de précieux témoins qui auraient pu apercevoir la mystérieuse ibérique disparue.

Hélas, personne ne se souvenait d'elle. A croire qu'elle était passée totalement inaperçue. Comme un ange fantomatique, dont la présence à Mont-aux-Dames n'aurait été qu'une pâle illusion.

Ils reprenaient lassement le chemin de l'abbaye et traversaient alors une petite ruelle transversale, lorsque Jean s'arrêta soudain, stupéfait, devant un vieil immeuble à la façade ornée de pierres apparentes : une plaque professionnelle noire en ornait le mur ancien.

Sur cette plaque, en lettres dorées, était écrit « *Christina DJAHA – Médium* ».

17

Jean était abasourdi. Il fixait la plaque, immobile, totalement incrédule. Une froide incompréhension le figeait dans une pose interdite. Une inexplicable incertitude. Un sombre abîme. Comment un tel prodige était-il possible ? Par quel mystère insondable était-il imaginable qu'il ait inscrit ce nom, cette nuit même, sur un magazine, et qu'il le retrouve là, sur cette plaque ? Son esprit rationnel hurlait que cela ne pouvait qu'être pure coïncidence. Mais alors, par quel mécanisme logique un aussi incroyable hasard de circonstances pouvait-il s'expliquer ? Un nom pareil… Etait-il concevable qu'il ait déjà aperçu cette plaque sans l'avoir conscientisé et que son inconscient, lui, l'ait parfaitement mémorisé et l'ait resservi à son insu à un moment d'inconscience éthylique. Pourtant, au cours de sa visite de la ville, il n'était jamais passé dans cette ruelle. Il en était certain. Alors où ? Dans un journal ? Une affiche publicitaire quelconque ? Ou peut-être un savant procédé orchestré sournoisement par le médium, fait de consonances subtiles, d'images subliminales qui auraient franchi furtivement le seuil de sa conscience et en aurait forcé sa perception à force de diffusions foisonnantes et insidieuses. Ou pire encore, que les lettres aient été ensorcelées par un philtre à l'envoûtement alphabétaire, de manière à infiltrer son cerveau rendu plus perméable du fait de son coma traumatisant. C'eut été là un chef d'œuvre de racolage perfide et mystifié par lequel la voyante aurait permis que son commerce soit révélé à celui qui en ignorait magistralement l'existence auparavant.

Le nom de la voyante aurait alors été intégré, imprimé, signifié dans son esprit et en serait surgi par enchantement, à un moment où son cerveau alcoolisé aurait été suborné et n'aurait pu faire autrement que de le délivrer, le publier sous la forme d'un tracé manuscrit de la main même de l'envoûté.

Mais quand bien même un procédé aussi fallacieux aurait pu être fomenté et que ce nom se soit effectivement imprimé dans son esprit sans qu'il en ait eu conscience, par quel incroyable procédé dont la magie lui échappait un tel phénomène aurait-il pu le conduire à le retrouver inscrit sur cette plaque, le lendemain même, au hasard de ses errances ?

C'était insensé.

À moins qu'Elora fût complice de cette mascarade et que par un audacieux stratagème, elle l'ait habilement manœuvré pour le conduire précisément à cet endroit, et qu'il découvre par un hasard calculé, la plaque magnifiant la coïncidence.

Non, cela n'avait pas de sens. Pourquoi aurait-elle fait cela ? Il ne l'imaginait pas capable d'une telle fourberie.

L'explication était ailleurs. Mais où ?

Sur ce lacis de pensées diffuses tournoyant follement dans son esprit stupéfait et après quelques instants qui lui parurent une éternité, Elora s'aperçut de son trouble et l'interpella alors avec une inquiétude non feinte.

— Jean ? Ça ne va pas ? Vous avez l'air désemparé.

Il l'était.

Il reprit néanmoins ses esprits, et, de manière subséquente, sa contenance. Il hésita. Devait-il lui expliquer les motifs de ce désarroi ? Lui révéler l'apparition mystérieuse de cette inscription et l'équivalent sur la plaque de la ruelle ? Il pouvait passer pour fou, ou tout au mieux, pour un illuminé.

La confiance que lui inspirait la jeune femme le poussa toutefois à tout lui expliquer, simplement, tels que les faits s'étaient produits. Advienne que pourrait.

Elora l'écouta avec l'attention bienveillante qui la caractérisait, puis partagea son analyse avec la cohérence que son esprit bien ordonné lui intimait :

— Donc, vous dites que vous n'êtes jamais passé par cette ruelle ? Vous en êtes bien certain ?

— Absolument, confirma Jean.

— Bien. Je ne connaissais pas non plus cette voyante, bien que je sois déjà passé à plusieurs reprises par cette ruelle. Je n'ai jamais fait attention à cette plaque. Je ne me souviens pas non plus avoir entendu parler d'elle d'aucune manière, ni par l'intermédiaire de quelqu'un, ni pour avoir remarqué une annonce ou une publicité sur un magazine, ou un journal. Il est donc effectivement peu probable que vous en ayez eu vous-même connaissance, bien que cela ne permette pas pour autant d'exclure définitivement cette hypothèse.

— En effet, bien que je n'ai lu ni parcouru aucun journal local depuis mon arrivée à Mont-aux-Dames.

— Ce qui écarte donc cette éventualité de manière quasiment certaine. Elle réfléchit un instant. Et vous êtes absolument certain que l'écriture avec laquelle était écrit ce mot sur votre magazine était bien la vôtre ?

— Oui. Je l'ai bien examinée. C'était la mienne.

— Mais alors, comment diable avez-vous donc pu avoir connaissance d'une manière ou d'une autre de l'existence de cette voyante ? C'est inexplicable.

— C'est effrayant.

— Non, il y a forcément une explication rationnelle. Il existe tellement de possibilités. Notre subconscient est si facétieux. En tout cas, nous avons une chose à faire.

— Ah oui ? Et laquelle ?

— Eh bien, rencontrer cette voyante, voyons !

— La rencontrer ? Mais pour lui dire quoi ?

— Je n'en sais rien. Nous verrons bien. Il est évident qu'on ne peut pas vivre une telle étrangeté et faire comme si elle n'avait pas existé. Nous devons allez la voir ! Allez, venez !

Et la jeune femme se dirigea avec entrain vers la porte d'entrée désignée par la plaque de Madame Christina Djaha…

18

Elora examina un instant la plaque, comme un biologiste observerait avec attention le sujet dont il s'apprêterait à réaliser l'étude minutieuse.

Visiblement, cette histoire l'intriguait autant qu'elle l'amusait.

Jean la rejoignit, perplexe.

Elle se tourna vers lui. Un sourire espiègle illuminait son visage malicieux. Puis elle appuya franchement sur la petite sonnette portant le nom du médium.

Rien.

Elle insista.

Toujours rien.

Le sourire réjoui d'Elora commençait à se muer en une triste mine, quand ils entendirent soudain des bruits de pas. Des pas lents. Réticents même. Des pas qui ne souhaitaient pas s'approcher. Puis ils perçurent nettement le cliquetis d'une clé tournant dans la serrure. La porte s'ouvrit alors dans un grincement inquiétant.

Une femme des plus confondantes apparut alors.

S'il dut exister une figure emblématique de la Voyante, ce fût assurément elle.

Elle paraissait être âgée d'une quarantaine d'année. Elle portait une longue robe d'un bleu turquoise ornée d'une multitude de broderies dorées aux motifs variés et d'influences ésotériques. De petites perles fines étaient incrustées ici et là, certaines sur ce qui semblait être le point central des figures, d'autres à leurs extrémités, à leurs points cardinaux, semblait-il. Cette robe lui descendait jusqu'au chevilles, laissant juste apparaître deux pantoufles de cuir d'un jaune éclatant.

Cette alchimie de bleu et de jaune semblait vouer une vénération au ciel et au soleil.

Son visage était gracieux et captivant. Ses cheveux entremêlés étaient noués sur l'arrière de sa tête et se diffusaient en un mélange de noir, de mauve et de rouge sang, sans qu'il ait été possible d'avancer quelle en était la nuance mère.

Mais ce qui transfigurait son visage et même sa personne toute entière, était ses yeux. Des yeux hallucinants. Des yeux slaves s'effilant à l'infini comme deux amandes dotées de magie. Ils étaient d'un bleu très clair tirant sur le gris. A moins que ce ne soit l'inverse.

Ils n'étaient habillés d'aucun maquillage : c'était inutile, leur naturel les sublimait déjà.

On n'aurait su dire avec quel auxiliaire se conjuguaient ses yeux car si elle *avait* bien ces yeux là, au sens où elle les possédait, on aurait tout aussi bien pu dire qu'elle *était* ces yeux là, au sens où ses yeux la possédaient. De la même manière qu'ils possédaient impérieusement ceux sur qui ils se portaient. Leur magnétisme était si obsédant qu'ils devaient avoir la faculté de bouleverser l'ordre de la polarité, au point que sous leur influence, l'aiguille de la boussole ne saurait plus vers quel pôle se diriger.

Ses yeux consacraient l'apothéose des paradoxes : ils attiraient autant qu'ils rejetaient. Ils étaient volupté et chasteté. Ils menaient aux actes mutins où poussaient au contraire à s'abandonner sans résistance. A braver les tempêtes où à se noyer de chagrin. Ils pouvaient glacer les eaux comme faire fondre les métaux. Ils étaient la soif du désert et l'étanchement de l'enivré. Ils étaient l'illumination et l'aveuglement. L'apaisement et l'exaltation. Ils réduisaient au silence autant qu'ils recevaient toutes les confidences. Ils déluraient les imaginations autant qu'ils asservissaient les esprits. Ils étaient à la fois doutes et certitudes. Hurlements et murmures. Ils confondaient les timidités et déployaient les ardeurs. Ils ajoutaient la couleur à la perfection du noir et blanc. Ils pleuraient la solitude et chantaient la plénitude. Ils étaient la floraison du printemps et la flétrissure de l'automne, la chaleur suffoquante de l'été et la meurtrissure glaciale de l'hiver

Bref. C'était là un regard de voyante, comme il n'en existait sans doute aucun autre.

Il aurait été riche de comprendre si se fût la vocation qui avait engendré un physique aussi approprié, ou si à l'inverse, ce physique avait perpétré la vocation.

Quoi qu'il en soit, cette femme était d'une redoutable beauté. Ce qui n'échappa évidemment pas à Jean, dont la voix se fut quelque peu perdue dans l'entrefaite.

Elora rompit le charme.

— Bonjour Madame. Nous souhaitons vous consulter, dit-elle très simplement et avec un aplomb insensible aux yeux dont le pouvoir hypnotique se brisa sur sa mâchoire d'acier.

— Je ne consulte que sur rendez-vous. C'est écrit sur la plaque, répondit la voyante en direction de l'objet.

Jean vérifia. En effet, c'était écrit, en petit. Sous la mention « *Médium* ». Il était bien mentionné : « *sur rendez-vous uniquement* », suivi d'un numéro de téléphone. Ces détails avaient échappé à Jean, tant il avait été subjugué sur l'instant par le nom inscrit en lettres hautes, et qui avait légitimement occulté le reste.

— C'est très important. Mon ami a vraiment besoin de vous, répliqua Elora en visant Jean, qui se sentit bêtement rosir sous le regard pénétrant de la voyante, qui avait alors orienté le spectacle de ses yeux dans sa direction.

S'en suivit une explication à n'en plus finir sur la situation désespérée dans laquelle se trouvait Jean ; que son concours était vital ; qu'elle devait absolument consentir une exception ; qu'elle en bénéficierait de leur reconnaissance éternelle, etc., etc.,…

Bien entendu, elle omit à dessein de mentionner l'abracadabrante histoire de l'apparition de son nom sur le magazine, qui aurait pu alors apparaître bien trop incroyable et qui aurait risqué d'aboutir à un claquement de porte aux nez des suppliants. Elle ne révéla rien non plus sur sa recherche d'Ana, qui était devenue entre-temps - leur - recherche d'Ana : il fallait garder voilée la vérité pour authentifier les talents de la voyante. On ne savait jamais comment tournerait l'entrevue. Il fallait rester prudent : si trop d'informations avaient été révélées à la devineresse, il eut été facile que soient confondus dans la séance le vrai du faux, le passé du futur, l'hypothétique du réel, l'avéré de l'infondé ; bref que se perde dans la meule du foin divinatoire, l'aiguille d'une éventuelle authentique information sur ce qu'était devenue Ana.

Il n'était pas inutile d'en profiter au passage pour apprécier les facultés prophétiques du médium à voir ce qui n'est pas visible pour le « non-voyant ». Cela n'était en effet pas dénué d'intérêt pour un esprit empreint de curiosité journalistique, ce dont était richement dotée Elora, à l'évidence.

Jean fut ému de la générosité avec laquelle Elora s'employa pour faire fléchir la voyante, ce qui l'emporta de reconnaissance. Il aurait voulu à ce moment là la serrer dans ses bras pour lui exprimer sa gratitude. Mais cela aurait probablement fait échouer son plaidoyer.

Quand elle eut achevé sa litanie - car si la voyante transcendait le pouvoir des yeux, Elora, elle, transcendait avec un talent équivalent celui de la langue - la voyante scruta Jean sans mot dire, mais avec cette fois plus d'instance, comme si elle recherchait en lui ce qui pourrait justifier une telle entorse au protocole.

Jean rosit à nouveau, puis osa un sourire timide - comme pour ceriser le gâteau servi par Elora - qui lui parut idiot, mais qui ne le fut peut-être pas tant que ça, puisqu'il perçut dans ses yeux un léger fléchissement qui signifiait sans équivoque que la dame allait consentir à le recevoir. Ce qu'elle confirma une seconde plus tard.

— Très bien. Je vais vous recevoir. Puisque vous venez de loin, justifia-t-elle, comme pour conserver sa hauteur. Mais, notez bien que c'est exceptionnel. Tout-à-fait exceptionnel, appuya-t-elle encore avec une insistance exagérée. Elle voulait visiblement bien leur faire comprendre que la Grande Madame Djaha n'était pas n'importe qui. Elle n'était pas un médium chez qui l'on débarque comme ça sans solliciter très longtemps à l'avance sa bienveillante audience. Mais je vous recevrai seul, Monsieur. Je ne consulte que dans la plus stricte intimité. Votre amie vous attendra dans la salle d'attente, termina-t-elle sans regarder l'amie en question, comme pour planter définitivement sa suprême autorité.

— C'est entendu, consentit Jean aussitôt, tout en jetant un œil discret auprès de son émissaire bannie, pour s'assurer que l'incident ne serait pas diplomatique. Il ne le fut pas. Elora n'était pas orgueilleuse. Je vous remercie d'accepter de me recevoir dans ces conditions, ajouta-t-il, dans une sorte d'obséquiosité ; jugée inutile par Elora, vu la mine agacée qu'elle afficha alors.

La voyante leur fit alors signe d'entrer, ce qu'ils firent avec un empressement contenu, et la suivirent dans un long corridor. Arrivés à son extrémité, elle invita Elora à s'installer dans une pièce qui s'ouvrait sur la gauche et qui devait être la salle d'attente, bien que son aspect chaleureux ne le laissait pas forcément supposer. Elle referma la porte derrière elle, puis elle pria Jean de la suivre.

Ils gravirent un escalier de quelques marches seulement qui obliquait vers la droite, lequel débouchait sur un petit vestibule aux couleurs douces. Elle ouvrit une des portes qui y donnait et invita Jean à entrer dans la pièce. Jean s'exécuta, impressionné par l'endroit qu'il découvrit.

Le lieu était à la hauteur de la divinatrice : resplendissant et mystique. De magnifiques tentures faites d'étoffes moirées couvraient chacun des murs. Leurs couleurs, variant d'un bleu royal au pourpre, conféraient à la pièce une atmosphère accueillante tout en préservant un voile envoûtant. Au sol, plusieurs tapis enchevêtrés donnaient une touche nord-africaine chaleureuse. Au milieu, une table plutôt basse, mais assez large et de forme octogonale, était couverte d'un carré de tissu de couleur jaune mais comportant d'innombrables motifs d'une infinie variété de couleurs. Sur cette table trônait une majestueuse boule de cristal. De chaque côté, deux coussins épais en cuir servant de sièges et eux-mêmes richement décorés, permettaient aux protagonistes de la séance de s'installer confortablement. Ce à quoi, la voyante invita Jean et qu'il fit promptement. Puis elle s'installa à son tour, dans un mouvement souple et gracieux qui acheva de subjuguer Jean, lequel avait déjà l'impression d'avoir pénétré dans un autre monde : celui d'un univers des *milles et une nuit*.

Durant le temps où elle le conduisit dans son antre, Jean s'était demandé ce qu'il allait bien pouvoir lui dire. Il ne savait pas vraiment comment présenter les choses. Evidemment, il n'était pas là pour se faire conter la bonne aventure, ni même pour connaître les mirages de sa destinée. Mais il était difficile de lui expliquer qu'il avait découvert son nom marqué de sa main même - à son insu - la veille, sur un vulgaire magazine et qu'il l'avait miraculeusement retrouvé le lendemain inscrit sur cette plaque aperçue par hasard. Et qu'à la suite de quoi, il avait simplement sonné à sa porte. Et puis quoi ??

Mais alors qu'il s'apprêtait à balbutier une entrée en matière nébuleuse dont il ne connaissait pas encore la teneur, elle prit les devants :

— Non, ne me dites rien. Se révéleront les choses qui doivent se révéler. C'est ainsi que cela fonctionne. Contentez-vous de répondre aux suggestions que je vous exposerai en fonction de ce qui m'apparaîtra. Uniquement par oui ou par non.

D'une certaine façon, cette mise en scène arrangeait Jean, qui ne savait pas trop ce qu'il pouvait obtenir de cette rencontre sibylline. Mais d'un autre côté, la démarche pouvait le conduire là où il ne souhaitait pas vraiment aller. En l'occurrence, dans une invraisemblable prédiction, à laquelle il n'accorderait aucun crédit. Il ne croyait nullement en la faculté de prédire l'avenir. Pour lui, l'avenir se dessinait à l'instant même où il se produisait, sans qu'il soit donc possible d'en deviner le déroulement par avance. Aussi, pour lui, la voyance n'était rien d'autre qu'une audacieuse mascarade, qui n'aurait éventuellement que la douce vertu de redonner de l'espoir à ceux qui l'ont perdu ou d'en fournir à ceux qui souhaiteraient en obtenir.

Sur ces hésitations, les yeux de la voyante lui intimèrent de se plier à l'injonction. Il obtempéra donc finalement volontiers d'un favorable dodelinement de tête. Il verrait bien ce qui en ressortirait…

19

— Donnez-moi vos mains, commanda la voyante, qui, après s'être confortablement ajustée sur son siège, avait cérémonieusement placé ses avant-bras sur la table, de part et d'autre de la boule de cristal, paumes vers le haut.

Jean hésita un instant puis lui confia ses mains, qu'il déposa délicatement sur les siennes.

Elle les lui saisit et les pressa légèrement.

— Vous n'utilisez pas votre boule de cristal ? s'enquit Jean d'une curiosité affable.

— La boule de cristal, c'est pour impressionner les touristes. Vous n'êtes pas là pour faire du tourisme n'est-ce pas ?

— En effet. Comment l'avez-vous deviné ? s'étonna Jean.

— A cette saison, il n'y a plus vraiment de touristes, répondit-elle simplement sur un ton légèrement condescendant, comme si l'observation était évidente, mais décoré d'un sourire doucement narquois lui signifiant qu'il n'était nul besoin d'être devin pour émettre d'aussi rabaissantes conclusions.

Elle ferma alors les yeux et commença à se concentrer intensément, comme si elle s'apprêtait désormais à consulter le grand livre du destin qui se serait trouvé ouvert au cœur même de son esprit.

Jean, quant à lui, maintint ses yeux ouverts, pour observer la voyante, qui était légèrement moins hypnotisante, les yeux clos. Il imagina l'intensité vibrante de son regard, qui se trouvait peut-être déjà en train de le scruter dans une autre dimension. Cette idée le troubla.

Quelques instants passèrent sans que rien ne se passe.

Puis les paupières de la voyante se mirent à trembler ; doucement, d'abord, puis de plus en plus nettement. Ses mains s'échauffèrent et se cramponnèrent aux siennes. Son visage tout entier se crispa, son front se rida, ses traits se tirèrent, ses joues se creusèrent, sa beauté se voila, son sublime s'éclipsa. Comme si la consultation de l'avenir emportait son cortège de douleurs physiques insoupçonnables.

— Je ressens quelque chose, dit-elle alors, comme pour expliquer les manifestations physiques qui survenaient.

Bien que Jean était totalement insensible à ces pratiques chiromanciennes, comme il fût dit plus avant, il ressentit un indéniable malaise. La mise en scène ne manquait pas d'efficacité.

— Vous vivez seul, n'est-ce pas ? demanda-t-elle avec une voix qui parut à Jean plus rocailleuse. Bien que l'impression put tout aussi bien être suggérée par la situation, qui diffusait son influence avec l'arrogance d'un parfum trop entêtant.

— En effet, je suis célibataire, admit Jean.

— Répondez uniquement par oui par non, rappela la voyante avec agacement.

— Oui, confirma Jean, obéissant.

— Je vois un grand vide en vous. Vous avez été marqué par un manque, ou… vous avez perdu quelque chose, ou, quelqu'un. Elle marqua un temps d'arrêt, puis repris. Je vois un petit garçon, qui pleure… Je vois de l'eau. Beaucoup d'eau… Une large rivière… Ou plutôt un lac ou un étang… Ce petit garçon, c'est vous, je crois… Il est terrorisé… Il est seul… Très seul. Il appelle au secours… Il appelle son père… Mais son père est parti… Très loin… Vous avez perdu votre père, très jeune ?

— Oui, confirma encore Jean, aussi ému qu'impressionné.

Quelques secondes s'écoulèrent.

La voyante poursuivit alors son inventaire d'informations décryptées ou extirpées par Dieu sait quel stratagème divinatoire qui le stupéfiait. La voyante énonçait avec plus ou moins de netteté une succession de faits tirés de son histoire. Et Jean, à chaque fois, authentifiait la vérité, par un oui laconique, selon la consigne, mais qui était de toute façon le seul mot qu'il était capable de prononcer, tant il était fasciné par l'impossible séquence dont il était le témoin volontaire, et même plus que cela, l'acteur intime, bien que passif et subissant.

La voyante s'afférait avec une incroyable effervescence, assénant ses visions avec une assurance de plus en plus éblouissante, comme si sa lecture en fut à un moment facilitée par le chaussement de lunettes aux verres extralucides, et que tout lui paraissait alors d'une netteté vertigineuse.

— Je vois un choc, très violent... Je vois une camionnette arrivant à vive allure... Vous avez eu un accident ?

— Oui, répondit Jean, de plus en plus troublé.

— Un accident très grave... Je vois un hôpital... dans lequel vous êtes resté longtemps... très longtemps. Je vois... une femme... Une femme qui veille sur vous... Une femme méridionale... Carla... Maria... ou... Helena, peut-être. Vous connaissez une Helena ?... Non, attendez... Ana, plutôt. Oui, Ana ! Il existe bien une Ana dans votre vie ?

— Oui.

— Cette femme est très présente en vous... Elle a pris une très grande place... mais elle est... fuyante... distante... Je vois une rupture... une séparation... Je vois aussi une dualité en vous. Une opposition...

Puis elle se tut. Subitement. Sans prévenir. Sans consentir le moindre petit frémissement annonciateur de cet arrêt. Ce fut brutal. Il faut s'imaginer que quand on est aspiré dans une expérience de futurologie aussi théâtrale, une sorte de fusion entre les deux êtres se crée. L'arrêt brutal secoue. Jean s'écrasa donc lourdement contre ce mur de silence dressé sans politesse.

Les ecchymoses de son attention meurtrie s'ajoutèrent à la chaleur insoutenable qu'il avait commencé à ressentir quelques instants plus tôt. La transe nerveuse du prophétisé, pensa-t-il. Il se sentait mal à l'aise. Il transpirait comme un obèse en marche rythmée. Une fièvre étrange l'étouffait, mais à cette différence utilement notable que celle-ci n'altérait pas sa lucidité, qui se trouvait au contraire rageusement attisée.

La voyante, de son côté, lui sembla soumise à une tension oppressante. Les spasmes d'une vive agitation avaient déformé les lignes parfaites de son visage.

Elle retira soudain ses mains des siennes, mais tout en maintenant ses yeux clos. Elle aussi, transpirait et semblait en proie à une intense émotion.

Jean ignorait si cette invraisemblable agitation relevait du déroulement habituel d'une séance divinatoire de la grande Madame Djaha, mais il lui sembla tout de même qu'il se passait quelque chose d'étrangement anormal. Elle paraissait troublée à un degré qui lui parut relever de ceux qu'on n'atteint pas si facilement. Un degré qui fait bouillir. Ce qui n'était d'ailleurs pas loin de lui être arrivé, à en juger par la rougeur prononcée apparue sur le visage légèrement hâlé qui fut le sien quelques minutes à peine avant ces échauffourées spirituelles.

Puis elle s'apaisa. Sa respiration se fit plus calme. Son visage s'adoucit. Elle abaissa la tête et reposa le menton contre sa poitrine. Son corps tout entier se détendit.

Elle resta ainsi un temps fort long, au fil duquel Jean resta suspendu patiemment, sans mot dire, empreint d'un infini respect pour ce qui venait d'être offert à ses yeux extasiés.

Il supposa que l'œuvre était accomplie. Que la voyante avait accédé à une sorte d'ordre suprêmement mystique : l'Ordre des Grands Révélateurs. Un ordre dont l'accès serait réservé aux seuls élus à qui aurait été offerts *le* don. Un pouvoir dont l'existence ne faisait désormais plus aucun doute aux yeux amadoués de Jean.

L'agnosticisme de Jean sur le sujet des sciences divinatoire était aussi fermement planté qu'Excalibur dans son rocher. Cette séance l'en délogea toutefois avec autant d'aisance et de prestige que l'avait fait le roi Arthur avec son épée, dans la version la plus exaltée de la légende.

Alors que Jean se noyait intérieurement dans une effusion immodérée de sidération, la voyante reprit de la voix :

— Renversant… souffla-t-elle d'un ton qui se voulait superlatif.

Ce simple mot, d'un lapidaire déroutant, contraria Jean.

La voyante venait de révéler avec grandiloquence l'étendue majeure de son talent par une éblouissante séance extralucide.

Qu'elle lui révèle être à ce point retournée, que son premier mot consiste à gémir un « renversant », avait de quoi désappointer.

Ce d'autant plus que la voyante affichait une mine fichtrement déconfite. On aurait dit qu'une figure ectoplasmique bouleversante s'était exposée à son œil intérieur.

Ses yeux perçants ne perçaient plus : ils s'étiolaient.

— Qu'y a-t-il de renversant ? s'inquiéta-t-il donc légitimement.

Elle le regarda encore plus étrangement. Comme s'il portait sur son front le signe d'une fumeuse congrégation cabalistique. Comme s'il fut lui-même l'auteur de la divination et qu'elle en fut, elle, le réceptacle estomaqué.

La voyante ne répondait pas.

— Mais que diable y a-t-il de renversant ? insista-t-il.

— Je n'ai pas réussi à voir votre avenir, expira-t-elle finalement dans un souffle lourd de consternation.

— Je ne vois pas ce qu'il y a de renversant, rétorqua Jean, dont les convictions dubitatives profondes venaient de ressurgir dans un sursaut de survie désespéré.

— Je vois TOUJOURS l'avenir !

— Ça, c'est vous qui le dites. Qui me dit que vous voyez toujours l'avenir ? La preuve que vous voyez le passé, n'est pas la preuve que vous voyez l'avenir.

La voyante parut encore plus désarçonnée. Jean se reprit. Il devait la ménager.

Son affection semblait réelle. Il ne devait pas perdre de vue son objectif : savoir où était Ana.

Si la voyante avait été capable avec un tel talent de deviner sa vie à lui, elle avait peut-être la capacité de débusquer Ana, où qu'elle se trouve. Il s'adoucit donc :

— Mais qu'est-ce qui vous a empêché de voir mon avenir ?

— Je ne sais pas. Il y avait comme un voile. Une opacité. Une résistance. C'est la première fois que cela m'arrive.

Silence confus. La dame aux yeux argentés reprit.

— Je connais cette Ana.

— Vous la connaissez ? s'embrasa Jean.

— Oui, je l'ai vue, ici même. Elle est venue me voir.

— Elle est venue vous voir ! Mais pour quelle raison ? Elle souhaitait connaître son avenir ?

— Non, c'était pour une autre raison.

— Quelle raison ?

La voyante déversa alors un incroyable récit :

— Votre Ana est venue me voir il y a quelques mois. Au mois de juillet, je crois. C'était pendant les vacances estivales. Elle n'était pas venue pour une consultation. Elle avait lu un article que j'avais écrit pour une revue de parapsychologie, quelques mois plus tôt. Il m'arrive de temps à autre d'écrire un article pour cette revue. Cet article était consacré à un homme étonnant dont j'ai fait la connaissance et qui serait doté de capacités psychokinétiques...

— Psychokinétiques ?

— Oui, la psychokinésie est la faculté métapsychique d'agir sur la matière, par l'esprit. Cet homme, donc, serait doté de certaines facultés parapsychologiques. Votre Ana a lu cet article et souhaitait absolument que je lui parle de cet homme et de ses facultés singulières.

— Et vous a-t-elle dit pourquoi ?

— Non, elle ne l'a pas souhaité.

— Et lui avez-vous révélé le nom de cet homme ?

— Bien sûr, de toute façon, son nom figurait dans mon article. Il s'appelle Claude Melaz. Mais je doute que ce soit son vrai nom.

— Et où vit ce Claude Melaz ?

A cette question, la voyante se figea. Comme si le sujet l'embarrassait soudain. Elle reprit finalement, mais avec un peu plus d'appréhension.

— Claude Melaz vit au sein d'une... communauté.

— Une communauté ?

— Oui, c'est une communauté,... particulière qu'il a créée et établie il y a quelques années, non loin de Mont-aux-Dames, dans un ancien pensionnat.

— Quel genre de communauté ?

— Une communauté comme il en existe de nombreuses, qui vit en marge de la société classique et qui s'astreint à un mode de vie plus sain, plus proche des besoins fondamentaux de l'homme.

— Comment s'appelle-t-elle ?

— Les Peupliers.

— Les Peupliers ?

— Oui, je ne connais pas l'origine de cette communauté, ni son fonctionnement. J'ai simplement eu l'occasion de rencontrer cet homme surprenant.

— Et savez-vous comment il est possible de contacter cette communauté ? J'aimerais beaucoup rencontrer cet homme.

— Oui, je dois avoir quelque part les coordonnées de l'intendant qui s'occupe de son organisation et des démarches officielles. Il est le seul à ma connaissance à avoir des contacts avec le monde extérieur.

Elle prit alors un petit calepin qui se trouvait posé non loin et dont elle éplucha doucement les pages, jusqu'à tomber sur celle qu'elle recherchait.

— Voilà, il s'agit d'un certain Fulbert Minart. Voici le numéro de téléphone auquel il peut être joint, au sein du pensionnat.

Et elle nota les précieuses informations sur un feuillet, qu'elle lui tendit.

— Mais, vous savez, dit-elle, je serais très surprise que vous parveniez à le rencontrer. Cette communauté est très fermée. Elle tient à conserver sa plénitude et son authenticité. Ses contacts avec le monde « extérieur » sont aussi limités que possible. A ma connaissance, Claude Melaz ne sort jamais de son refuge et ne rencontre personne. Il a fait vœu d'une vie recluse, en marge de la civilisation moderne à laquelle il a totalement et définitivement renoncé.

Jean confia les précieuses références à la poche intérieure de sa veste puis la remercia avec ferveur.

Il avait désormais une piste sérieuse, dont la pertinence s'imposait : Ana était venue à Mont-aux-Dames pour y rencontrer ce mystérieux personnage, Claude Melaz.

Ses motifs l'intriguaient cependant au plus au point. Qu'est-ce qui avait donc pu pousser Ana à tout quitter aussi précipitamment pour rencontrer cet homme aux prétendus pouvoirs métapsychiques ?

Il ne lui connaissait aucune inclination particulière pour ces sujets aux influences ésotériques. Bien que légère et papillonnante, elle était plutôt rationnelle et pourvue d'un esprit logique et mesuré.

Qu'était-elle donc venue chercher ?

Cette question demeurait sans réponse dans l'immédiat.

Il devait maintenant contacter le personnage officiel de cette communauté secrète afin de rencontrer au plus vite ce fameux Claude Melaz.

Il s'apprêtait à quitter la voyante lorsqu'un aspect signifiant de cette séance lui revint à l'esprit comme une énigme aux exigences sagaces : la voyante avait lu dans sa vie avec un fabuleux discernement, mais aucune prédiction sur son avenir n'avait été avancée. Pour quelle raison, après avoir brillée d'une telle aura, s'était-elle donc limitée à cette simple démonstration ?

Car au fond, l'exercice, si sidérant fut-il, n'avait guère plus de valeur qu'un spectaculaire numéro de cirque.

Portée par l'engouement stupéfait de son client, elle aurait facilement pu magnifier sa prestation d'une explosion d'emballantes prophéties. Lui promettre ainsi de fabuleuses richesses, conjecturer de folles idylles romanesques, lui prédire de palpitantes aventures exotiques, lui présager d'ardentes et délirantes rencontres, lui dévoiler une incomparable saga tolstoïenne.

Non, rien de tout cela. La voyante ne lui avait strictement rien annoncé. Elle s'était abstenue de la moindre allusion sur ce que serait son avenir.

Elle s'était soudain interrompue en s'avouant vaincue par l'herméticité de sa sphère karmatique. Elle avait abdiqué comme si l'évidence de son incapacité s'était vraiment présentée. S'en était suivi un désarroi profond et manifestement sincère de la voyante.

Tout cela manquait singulièrement de cohérence.

Jean n'insista pas davantage et la quitta discrètement, pressé de retrouver Elora et de lui faire le récit de l'incroyable expérience qu'il venait de vivre.

Elle l'attendait avec autant d'impatience et l'écouta avec un enthousiasme attendri tandis que Jean exultait à l'idée qu'il était peut-être proche du but.

Elora ne connaissait pas cette communauté, « Les Peupliers ». Elle l'enjoignit à retourner au plus vite à l'abbaye et d'aller voir son père, qui la connaîtrait certainement.

Ils rentrèrent donc avec le plus grand empressement à l'abbaye, le délogèrent sans ambages de la sieste tardive dans laquelle il s'était laissé honteusement allé et Jean renouvela son récit, enrichi des éléments nouveaux survenus depuis leur soirée arrosée.

20

Edgar Defeau connaissait effectivement la communauté des « Peupliers » ; mais hélas, guère mieux que ce que tout le monde en savait.

Il confirma qu'il s'agissait bien d'une communauté pacifiste aux élans vertueux, dont les préceptes essentiels consacraient les bienfaits d'une vie simple et ascète, expurgée de toutes les considérations commerciales de la société de consommation dont ils condamnaient sans appel les artifices et les conséquences perverses.

Il savait également qu'ils prônaient le végétarisme, le développement personnel et étaient adeptes des disciplines orientales, telles que le yoga et la méditation.

Les *Peupliers* s'étaient établis dans une petite ville qui s'appelait Darmay, située à une vingtaine de kilomètres de Mont-aux-Dames.

Ils avaient élu domicile dans un ancien internat.

Le nombre des disciples des Peupliers n'était pas connu avec certitude car la communauté était excessivement discrète et ne faisait d'ailleurs preuve d'aucun prosélytisme.

Les Peupliers n'avaient pas de croyance religieuse et ne vénéraient donc aucun Dieu. Ils n'avaient de ce fait pas été répertoriés dans la liste des sectes du rapport parlementaire français.

Toutefois, comme toutes les communautés « secrètes », de nombreuses rumeurs circulaient inévitablement à leur sujet. Mais aucun incident, ni aucun témoignage n'avaient été relevés pouvant laisser imaginer que s'y déroulaient d'occultes pratiques douteuses. Si bien que leur réputation n'était pas vraiment mauvaise.

Au fil du temps, les habitants de Darmay et de la région avaient fini par adopter à leur égard une certaine indifférence. Il faut dire que la fondation des Peupliers remontait à plus de vingt ans, au début des années quatre-vingt dix.

Finalement, tout le mystère venait principalement de son leader et fondateur, Claude Melaz, que personne ne connaissait vraiment et dont il se disait que reposait sur lui la pérennité et la vie de la communauté.

Edgar Defeau avait déjà essayé d'approcher cet homme, sans succès.

Les préceptes de la communauté, reposant sur la discrétion, la neutralité et l'isolement, étaient respectés et préservés avec une étonnante rigueur.

Cet homme avait longtemps intrigué Edgar Defeau, mais il avait fini pas se lasser et s'en était détourné.

Jean l'interrogea sur les facultés singulières dont la voyante lui avait parlé, mais il ne savait rien à ce sujet.

C'était à peu près tout ce qu'il était possible de connaître de cette communauté.

Leurs membres ne sortaient presque jamais. Seul son intendant, dont l'identité avait été précisée à Jean par la voyante – Fulbert Minart – était connu des habitants de la ville. C'était ce dernier qui se chargeait d'approvisionner la communauté des biens minimums dont elle avait besoin et qu'elle n'était pas capable de produire par elle-même. Mais pour l'essentiel, elle était très autonome. Elle produisait notamment l'essentiel de ses besoins alimentaires.

L'opacité et l'isolement qui caractérisaient cette communauté ne favorisaient pas les velléités d'approche, ce qui inquiétait Jean, qui se demandait de quelle manière il pourrait bien s'y prendre pour rencontrer leur leader.

Les trois comparses consacrèrent la soirée à imaginer toutes sortes de stratagèmes que Jean pourrait utiliser pour y parvenir, mais aucun ne leur apparut véritablement satisfaisant.

L'idée que Jean se présentât comme un candidat à l'intégration dans la communauté fut longuement envisagée, mais leur parut finalement trop risquée. Edgar Defeau, en journaliste rusé et avisé, l'avait autrefois tenté pour investiguer la mystérieuse corporation, mais il avait été rapidement démasqué et s'était alors définitivement fermé toute chance d'en aborder le fondateur.

Au demeurant, la communauté n'avait jamais été suspectée de séquestrer ses adeptes, que ce soit par des procédés de contrainte physique ou psychologique. La liberté des partisans semblait être un principe essentiel et respecté.

La meilleure approche consistait peut-être alors tout simplement de jouer cartes sur table en révélant le réel objet de la démarche consistant en la recherche poignante d'Ana.

C'est ce que l'équipe de limiers retint en définitive et qui serait tenté dès le lendemain.

21

Le lendemain matin, dès que l'heure parut opportune à Jean - ni trop matinale, ni trop tardive - il s'isola dans sa chambre en compagnie d'Elora et composa le numéro de téléphone que lui avait confié la voyante. Il actionna le haut-parleur de son téléphone afin qu'Elora puisse entendre leur conversation.

On décrocha.
Un homme.
— Bonjour Monsieur, se lança nerveusement Jean.
— Bonjour Monsieur, répondit sobrement l'homme.
— Je m'appelle Jean Delange,…
— Ah, Monsieur Delange ! le coupa l'homme. Nous attendions votre appel. Vous pouvez vous présenter au pensionnat à 11h30, si cela peut vous convenir.
— Eh bien, oui, balbutia Jean, soufflé.
— Alors, c'est entendu. A tout l'heure Monsieur Delange. Et l'homme raccrocha.

Jean, sidéré, se tourna alors vers Elora, qui l'était tout autant.

Ils se remirent toutefois de leur surprise en concluant rapidement que la voyante avait vraisemblablement averti l'intendant de ses échanges avec Jean et de l'imminence de son appel.

Toutefois, un détail clochait : Jean ne se souvenait pas d'avoir précisé son nom à la voyante. Or, l'homme avait immédiatement su qui il était. La seule explication était que son nom soit apparu à la voyante lors de son introspection visionnaire. Après ce qu'avait vécu Jean, cela ne lui parut plus aussi insensé.

Ils conclurent donc que c'était probablement ce qui s'était passé, aussi troublant que cela pouvait paraître.

Il ne fallut pas longtemps à Jean pour se préparer, le journaliste lui ayant expliqué où se trouvait Darmay et le pensionnat.

Il ne lui restait plus qu'à se mettre en chemin.

22

Une heure plus tard, Jean était à Darmay, posté devant l'ancien pensionnat.

Le bâtiment, imposant, se situait dans la rue principale de la ville, mitoyen de deux maisons timidement adossées de chaque côté. Il devait mesurer plus de cinquante mètres de long et s'élevait sur trois niveaux. La façade était conforme au style local, parée de pierres apparentes, mais largement encrassées. Chaque niveau comportait six fenêtres, disposées de manière parfaitement symétrique.

Au niveau le plus bas se trouvait une porte en chaîne, cossue mais d'une grande simplicité, dont l'unique apparat consistait en un anneau légèrement rouillé et une imposante serrure ferronée.

Jean actionna l'anneau, qui était le seul moyen disposé pour s'annoncer.

La porte s'ouvrit sur une silhouette d'homme. Jean supposa qu'il s'agissait de l'intendant, Fulbert Minart.

L'homme portait un complet-veston brun en tergal, dont les trois boutons étaient fermés. En dessous de la veste, un gilet de la même facture dépassait. La coupe en était très classique, voire rétro. L'ensemble était accommodé d'une élégante cravate du même ton.

Sa chevelure s'harmonisait idéalement avec le vêtement : une impeccable coiffure noire brossée de biais, assujettie d'une magistrale raie de côté.

Son visage, de forme carrée, était finement dessiné et parfaitement proportionné, la peau assez pigmentée. Son nez était étroit et légèrement évasé à sa pointe. Ses yeux, petits et un peu en retrait dans leurs orbites, étaient marron foncés, dénués d'expression. Ses lèvres étaient très symétriques, finement ciselées, délicatement ourlées et un tantinet charnues.

Une tête peu anodine, au demeurant.

— Entrez, Monsieur Delange, l'enjoignit-il tout en ouvrant la porte avec cérémonie.

Jean obtempéra.

— Si vous voulez bien me suivre, ajouta-t-il après avoir refermé la porte sur eux dans un claquement résonnant, qui fit légèrement sursauter Jean.

Jean le suivit.

Un couloir sombre menait à une porte surplombée d'une partie vitrée dont il sembla à Jean qu'elle débouchait sur une sorte de cour intérieure. L'homme obliqua vers un autre couloir qui se dirigeait vers la droite, puis quelques mètres après vers la gauche, puis une dernière fois, sur la droite. Plusieurs portes s'y trouvaient. L'homme s'arrêta devant l'une d'elles et l'ouvrit prestement.

— Si vous voulez bien vous donner la peine, suggéra-t-il à Jean, tout en lui présentant la pièce de son bras gauche froidement tendu. Puis il s'écarta légèrement pour permettre à Jean d'y pénétrer. Ce que fit Jean avec docilité.

C'était une chambre de taille moyenne. Spartiate. Un lit d'une place était disposé contre le mur droit, accompagné d'une modeste table de chevet. Le centre de la pièce était occupé par une table très simple en bois bon marché et de deux chaises postées de part et d'autre. Un petit fauteuil en simili cuir était placé à l'angle opposé. Une porte attenante, ouverte, donnait sur une minuscule pièce d'eau dans laquelle Jean aperçut un lavabo et une cuvette de w.-c. en porcelaine défraichie, sans siège. Aucun décor, ni ornement n'agrémentaient la pièce, dont les murs étaient bruts. Une simple ampoule pendouillait fébrilement du plafond.

Curieux endroit pour recevoir un invité, songea Jean, mais qui se retint de montrer son étonnement.

Jean entra, puis se retourna vers l'intendant pour recevoir les consignes suivantes.

— Monsieur Melaz vous recevra quand vous serez prêt, annonça-t-il sur le même ton que s'il avait annoncé « Monsieur Melaz vous rejoindra dans un instant » ou « Monsieur Melaz sera à vous dans une minute ».

— Quand je serai prêt ? interrogea Jean.

— Oui.

— Mais, je suis prêt, osa Jean, sans trop savoir ce qu'il avait voulu dire par là.

— Pas encore, se contenta de répondre l'homme qui battit en retraite selon la même démarche cérémonieuse. Puis il referma la porte derrière lui.

Jean resta interloqué par cette dernière réponse qu'il ne sut pas interpréter.

Il observa la pièce. Une modeste fenêtre apportait un peu de lumière, mais pas assez pour en apaiser l'austérité. Il s'assit sur le lit, puis se releva aussitôt et alla s'installer sur le petit fauteuil. Il se releva à nouveau puis vint s'asseoir à la table.

Puis il attendit.

Longtemps.

Un long moment plus tard, il entendit des pas s'approcher.

On toqua.

Après que Jean eut répondu, la porte s'ouvrit. Jean s'attendait avec une certaine appréhension à voir apparaître l'homme qui allait peut-être lui apprendre où se trouvait Ana.

Mais ce fut l'intendant qui apparut à nouveau.

Il était seul.

Il portait un plateau en bois sur lequel était disposé un repas. Une assiette recouverte d'un couvercle en plastique, un ramequin contenant une salade de céleri, lui sembla-t-il au premier coup d'œil, une petite boule de pain, une pomme, un verre, un cruchon empli d'eau et des couverts. Le repas était à l'image de la pièce : inappétissant.

Quelle situation totalement incongrue, se dit Jean. Il n'était pas venu ici pour y prendre son déjeuner, mais uniquement pour rencontrer ce Monsieur Melaz, qui semblait manifestement peu soucieux de faire attendre ses hôtes.

— Votre repas, précisa pour la forme l'intendant avec le même cérémonial, qui commençait à indisposer Jean.

— Je vous remercie, mais je ne suis pas venu ici pour déjeuner répondit Jean avec autant de courtoisie qu'il le put. Bien que je vous suis très reconnaissant pour cette… aimable attention. Je souhaiterais pouvoir m'entretenir avec votre maître. Pourriez-vous s'il vous plaît me conduire à lui ?

— Monsieur Melaz n'est pas notre maître, corrigea-t-il avec un drôle d'air. Je puis vous assurer que Monsieur Melaz vous recevra aussitôt que vous serez prêt à le voir.

— Pardonnez-moi, mais je ne suis pas certain de comprendre exactement ce que vous attendez de moi. Je suis tout à fait prêt à rencontrer Monsieur Melaz immédiatement. Je vous l'assure.

— J'ai bien peur que non. Je vous souhaite un bon appétit Monsieur Delange. Puis il déposa le plateau sur la table et sortit aussitôt, laissant Jean sans voix, avec pour seule compagnie, ses interrogations désemparées.

Jean resta ainsi un moment à observer la porte qui venait de se refermer derrière cet homme devenu irritant, incapable de concevoir ce qu'on attendait de lui.

Il venait d'attendre plusieurs heures qu'on daigne s'occuper de lui. Tout cela pour se voir présenter un repas qui avait la sombre allure d'un pis-aller.

Enfermé dans cet horrible gourbi, l'attente lui avait paru interminable.

Pour autant, il ne pouvait évidemment pas s'en aller. Il n'avait pas le choix et devait se plier à cette triste mascarade.

Puisqu'il n'avait rien de mieux à faire, il décida finalement de se soumettre à l'interlude nourricier qui lui était proposé.

Quand il eut fini, l'intendant n'avait toujours pas reparu.

Jean s'allongea un instant sur le lit. La soirée passée la veille avec Elora et son père s'était prolongé jusque tard dans la nuit et il se sentait terriblement fatigué.

Il s'endormit sans même s'en rendre compte.

Il était un plus de dix-sept heures lorsqu'il se réveilla.

L'intendant était assis à la table et l'observait. Jean remarqua que la table avait été débarrassée.

— Je suis désolé, s'excusa Jean. Je ne voulais pas m'endormir. Ma nuit a été courte et…

— Ne vous excusez pas, l'interrompit l'intendant. Avez-vous bien dormi ?

— Oui, je vous remercie. Je suppose que vous attendiez mon réveil pour m'emmener voir Monsieur Melaz. Cette fois, je crois que je suis prêt. S'empressa Jean avec un sourire, tout en se levant lestement pour s'apprêter à suivre l'intendant.

Mais celui-ci ne cilla pas, lui signifiant par là-même qu'il n'entendait pas répondre à l'initiative hasardeuse de Jean, voire déplacée, à en juger par la moue sarcastique dont il se para.

— Je vous ai dit que Monsieur Melaz vous recevrait lorsque vous seriez prêt. Vous vous en souvenez ?

Jean interrompit son mouvement puis se fixa sur les yeux de l'homme, cherchant dans son regard quelque chose qui put lui donner l'espoir qu'il plaisantait. Tout cela avait déjà trop duré. A quel jeu jouaient donc ces gens ?

Mais l'homme ne plaisantait pas. Jean le comprit instantanément à l'immuable impassibilité de son regard qui, déjà, lui devenait désagréablement familière.

— Mais enfin, je ne comprends pas ! Qu'attendez-vous donc de moi ?

L'homme ne répondit pas. Il continuait de regarder Jean avec le même air dénué de vie.

— Pourquoi ne me répondez-vous pas ? s'impatienta Jean.

— Parce que vous connaissez déjà la réponse, Monsieur Delange.

Jean l'observa un instant, interdit, puis tenta de réfléchir à ce qu'il voulait bien dire par là.

— Vous attendez toujours que je sois prêt...? tenta Jean.

— C'est parfaitement exact.

Jean comprit qu'il était inutile de l'interroger sur ce qu'il entendait par là. Pour une raison qu'il ignorait, l'intendant ne souhaitait pas l'éclairer sur ce point. Il tenta donc une autre approche.

— Vous m'avez dit que Monsieur Melaz n'est pas votre maître ?

— C'est bien ce que j'ai dit, en effet.

— Qu'est-il alors ?

— Monsieur Melaz est notre guide.

— Votre guide ? Et quelle différence cela fait-il ?

— Une différence notable.

— Et puis-je savoir laquelle ?

— La différence est si notable qu'elle ne devrait pas vous échapper.

— Puis-je néanmoins vous suggérer de m'éclairer ?

— Vous y tenez vraiment ? Cela me navrerait d'avoir à vous préciser une chose aussi vulgaire d'évidence.

— Faites donc. Je m'en accommoderai.

— A votre guise. Ainsi donc, le guide montre la voie, alors que le maître l'impose par son autorité.

— J'ai connu des guides qui imposaient leur voie, comme des maîtres qui ne dirigeaient personne.

— Alors ceux que vous avez connus n'étaient pas ce qu'ils prétendaient être.

La réplique de l'intendant ne manquait pas de pertinence. Jean ne s'y opposa d'ailleurs pas. Il n'était pas venu ici pour faire de la sémantique appliquée avec un gaillard aux allures de bandit roumain.

— Ainsi, Monsieur Melaz est votre guide ?

— Vous comprenez rapidement, ironisa-t-il

— C'est que la chose n'est pas commune.

— C'est que notre communauté n'est pas commune. Et Monsieur Melaz l'est encore moins.

— Et en quoi votre communauté est-elle si peu commune ?

— Je préfère laisser à Monsieur Melaz le soin de répondre à cette question.

— Pourquoi ?

— Parce qu'il s'y emploiera mieux que moi.

— Rien ne vous empêche de le faire tout de même. Ce n'est pas très grave si l'explication est moins parfaite.

— Détrompez-vous. C'est contraire à nos principes. Les missions de chacun son dévolues à ceux qui sont les mieux qualifiés pour les exécuter.

Puis il se leva.

— Je vous apporterai votre dîner à dix-neuf heures, dit-il tout en se dirigeant vers la porte.

— Attendez ! s'empressa Jean. Je ne peux tout de même pas rester ici indéfiniment. Et je ne sais toujours pas ce que vous attendez de moi.

— Si vous avez plus important à faire, vous êtes évidemment libre de quitter le pensionnat, répondit simplement l'intendant.

— Non, bien sûr, s'inclina Jean. Il est très important pour moi que je puisse rencontrer Monsieur Melaz.

— Alors que signifient ces atermoiements ?

— C'est que je n'avais pas prévu de rester aussi longtemps.

— Auriez-vous d'autres obligations ?

— Non, pas vraiment. C'est que certaines personnes attendent de mes nouvelles.

— Je crois que vous disposez d'un téléphone mobile. Utilisez-le donc pour aviser ces personnes que votre séjour se prolongera quelque peu.

— Mon séjour ?

— Oui, je doute fort que votre rencontre avec Monsieur Melaz ne se concrétise aujourd'hui. Il serait préférable que vous passiez la nuit au pensionnat. A moins bien sûr que vous souhaitiez renoncer à cette rencontre.

Jean resta interloqué. Voilà qu'il était envisagé qu'il passe la nuit ici. Cette histoire devenait folle. Mais il n'avait pas le choix. S'il voulait retrouver Ana, il était bien obligé de se plier à l'odieuse manipulation dont il était l'objet.

— Très bien, s'inclina-t-il. Je vais faire le nécessaire.

— Fort bien. A tout à l'heure, alors, Monsieur Delange, se satisfit manifestement l'intendant dont Jean crut percevoir un imperceptible frémissement de sourire à la commissure de ses lèvres de bellâtre. Si le temps vous parait trop long, vous trouverez des livres dans le petit tiroir de la table de chevet, précisa-t-il avec la même satisfaction esquissée, en désignant d'un regard entendu le meuble en question.

Aussitôt parti, Jean appela Elora et lui narra sa journée. Elle le soutint et l'encouragea à garder patience. Après-tout, tout cela n'était pas si grave et sa quête d'Ana valait bien qu'il passe une nuit au pensionnat. Ces paroles réconfortantes apaisèrent Jean et l'aidèrent à se faire une raison.

Il envisagea également d'appeler le Docteur Liever, mais l'évolution de la situation, depuis leur dernier appel lui parut soudain avoir dépassé les frontières de son domaine de compétences. Il y avait eu bien trop d'évènements irrationnels qui échappaient à la sphère médicale et rationnelle du médecin et qui auraient pu davantage l'inquiéter sur la santé mentale de son patient. Il préféra donc y renoncer.

Un peu plus tard, son dîner lui fut apporté selon le même protocole et dans un silence résigné.

Jean s'astreint à dîner puis s'assit sur le lit.

Il ouvrit le tiroir de la table de chevet afin d'y découvrir les livres que l'intendant lui avait annoncé s'y trouver.

Il y en avait trois : *le Rouge et le noir* de Stendhal, *Dans les forêts de Sibérie* de Sylvain Tesson et *Hygiène de l'assassin* d'Amélie Nothomb.

Son choix se porta sur le troisième roman, dont il lui plut de retrouver son ineffable personnage Prétextat Tach, dont certains traits de caractères n'étaient pas sans lui rappeler sur certains aspects, Edgar Defeau.

Cette lecture accompagna plus agréablement qu'il ne l'aurait supposé sa première soirée au pensionnat.

23

Il fut réveillé le lendemain par l'arrivée de l'intendant, qui, à six heures, lui apporta son petit-déjeuner.

— Avez-vous bien dormi ? s'enquit Fulbert Minart.

— Parfaitement bien, répondit Jean, qui venait effectivement de passer une excellente nuit.

Jean le remercia pour le petit-déjeuner, puis essaya d'engager la conversation. Il était résolu à comprendre ce qu'attendait exactement l'intendant pour lui permettre de rencontrer Claude Melaz.

— Je suis disposé à faire en sorte d'être prêt à rencontrer Monsieur Melaz, ce matin-même, annonça Jean.

— A la bonne heure ! sembla se réjouir l'intendant.

— Mais pour cela, reprit Jean, je pense avoir besoin de votre aide.

— De mon aide ? parut sincèrement surpris l'intendant. Et en quoi pensez-vous que je puisse vous aider à cela ?

— Eh bien, voyez-vous, il me semble quelque peu sensé de discerner avec la plus utile précision, la manière dont je pourrais m'assurer d'être parfaitement prêt.

— C'est heureux, mais je crains sur ce point que vous ayez surestimé mes compétences, Monsieur Delange. Je doute de pouvoir vous être d'une quelconque utilité sur ce sujet, assena-t-il dans une parfaite inémotivité, tout en s'apprêtant à disparaître.

— Non, attendez, tenta de le retenir Jean. Je pense au contraire que vous pourriez m'apporter quelques précisions très utiles.

— Permettez-moi d'en douter. Mais je veux bien essayer, après-tout. Je vous écoute, dit-il en revenant de mauvaise grâce.

— Si vous acceptiez de me parler un peu de Monsieur Melaz, je suis certain que cela m'aiderait.

— Je ne vois pas en quoi, répliqua l'intendant. Votre aptitude à rencontrer Monsieur Melaz ne repose en rien sur la connaissance plus approfondie que vous pourriez avoir de lui.

Jean désespérait. L'homme était obtus.

— Alors laissons de côté cette hypothèse. Peut-être pourriez-vous simplement me parler de lui, sans autre dessein que de le connaître un peu mieux.

— Et quel intérêt cela présenterait-il pour vous ?

— C'est juste une affaire de…curiosité.

— Voilà une bien mauvaise raison, Monsieur Delange. La curiosité est peut-être le plus méprisable motif dont vous puissiez vous prévaloir.

— Ah bon ? Et pourquoi cela ? s'étonna Jean.

— Ai-je vraiment besoin de vous le préciser ? La curiosité est un désir aux dérives obscènes pour qui n'en a pas acquis la parfaite maîtrise. Je doute fort que vous ayez atteint ce niveau de maîtrise.

Jean estima que cela ne servait à rien de contrarier la démonstration.

— Disons plutôt alors que par curiosité, j'entendais davantage, un intérêt appuyé.

— Votre confusion des termes est équivoque. Elle révèle l'affligeante confusion qui règne dans votre esprit Monsieur Delange. C'est pire que ce que j'imaginais.

— Et qu'imaginiez-vous donc Monsieur Minart ? s'offensa Jean dont la patience s'étiolait chaque instant davantage.

— J'ai pu supposer, à tort, que votre esprit était plus... abouti, répondit-il froidement.

— Plus abouti ? Car je me targue de curiosité ? Je crains de ne pouvoir partager votre vision elliptique d'une qualité dont vous n'envisagez que la face sombre. La curiosité est à l'humanité ce que le processeur est à l'ordinateur : le moteur. Plus que cela, elle en anime l'évolution.

— Je ne nie pas cela et réitère mon propos, dont vous n'avez manifestement pas saisi toute la nuance. La noblesse de la curiosité ne se valide qu'à la condition qu'elle en soit expurgée des composantes néfastes, ce qui suppose, comme je l'ai énoncé, que sa maîtrise en soit parfaitement accomplie. Comprenez-vous mieux ?

Jean hésita à répondre directement à cette question, qui l'amenait à tout, sauf à ce qu'il espérait : savoir exactement ce qu'il était attendu de lui pour rencontrer enfin ce Claude Melaz, dont la supériorité affichée ne faisait qu'alimenter une exaspération grandissante. Il tenta donc de reprendre le cap de son objectif.

— Admettons, consentit-il, que mes raisons ne soient pas si bonnes que cela. Admettez mon désarroi : je ne comprends toujours pas ce que vous attendez de moi et je ne sais comment vous dire à quel point votre aide m'est indispensable pour y parvenir.

— C'est fâcheux, conclut l'intendant.

— C'est tout ce que vous trouvez à dire ?

— C'est tout ce qui me vient à l'esprit.

— Mais enfin, à quoi rime toute cette mascarade ? Je souhaite simplement rencontrer Monsieur Melaz. Je ne prétends pas intégrer votre communauté. Pourquoi tant de mystère ? Il n'est pas question ici d'un adoubement ou d'une quelconque épreuve de je ne sais quelle pureté. Il s'agit juste d'une entrevue, qui ne durera que quelques minutes au plus, je vous le garantis…

— Et pensez-vous que cela fasse une différence ?

— Bien sûr que oui.

— Vous vous trompez. Il marqua ici un temps d'arrêt qu'il coiffa d'une certaine solennité. Savez-vous pourquoi ?

— Non, admit Jean

— Parce que jusqu'à présent, vous n'avez apprécié la question que de votre propre point de vue. Avez-vous envisagé de l'étudier du point de vue de Monsieur Melaz ?

— Pour le coup, j'ai bien peur de ne pas comprendre.

— Ça ne m'étonne pas. Ce qui me confirme que vous n'êtes pas prêt. Je vous souhaite une bonne matinée, Monsieur Delange.

— Une bonne matinée ? Ca veut dire que je vais devoir encore attendre une matinée entière ?

— Il semblerait.

Puis l'intendant se retira.

Jean se décourageait. Mais qu'attendaient donc ses gens de lui ? Il n'en avait pas la moindre idée.

Il se décida à appeler Elora. Il alluma son téléphone mobile. Il ne lui restait que très peu de batterie. Il ne pensait évidemment pas rester ici aussi longtemps et n'avait pas pris la peine de prendre son chargeur. Bientôt, il se retrouverait totalement isolé dans ce pensionnat. Peut-être était-ce ce qu'ils cherchaient, de le couper totalement du monde.

Pris d'un doute, il se précipita vers la porte et l'ouvrit. Elle n'était pas fermée à clé. Il sortit dans le couloir. Il n'y avait pas de lumière. Il distingua une vague lueur provenant d'une petite fenêtre située au niveau de la portion transversale du couloir. Il n'était donc pas prisonnier. Il aurait pu partir, simplement et couper court à cette insupportable situation. Mais il perdrait alors sa seule chance de retrouver Ana. Il fallait qu'il tienne, qu'il trouve un moyen de comprendre ce qu'ils attendaient de lui.

Il retourna donc dans sa chambre et appela Elora.

Elle décrocha rapidement. Il lui raconta ses échanges avec l'intendant.

Evidemment, elle ne comprit pas d'avantage. Il allait devoir se débrouiller seul.

Il l'avertit qu'il ne pourrait certainement plus la joindre car sa batterie était presque totalement déchargée puis raccrocha, se sentant alors terriblement seul.

A midi, son déjeuner lui fut apporté avec la même régularité. Les deux hommes n'échangèrent que quelques mots.

L'après-midi se déroula sans que rien ne se passe. Puis le dîner lui fut servi. Il s'apprêtait à passer une seconde nuit au pensionnat. L'intendant lui avait apporté des vêtements propres, qui consistaient en une sorte de tunique blanche très simple et un pantalon en toile beige. L'ensemble était parfaitement à sa taille.

Son espoir de trouver une issue s'étiolait au fur et à mesure que les heures passaient.

La matinée du lendemain s'écoula selon le même rythme infernalement morne.

Il acheva dans la matinée sa lecture d'*Hygiène de l'assassin*.

Il se demanda comment cet abominable Prétextat Tach aurait agit en pareille circonstance. Il ne se serait certainement pas laissé ainsi manœuvrer avec le même dépit.

Quelques minutes plus tard, cette vague réflexion l'amena à prendre une ultime décision.

24

A douze heures précises, l'intendant réapparut afin de lui apporter son déjeuner.

— Je vois que vous vous êtes changé, observa l'intendant.

— Oui.

— Ces vêtements vous siéent parfaitement, ajouta-t-il.

— Merci. Monsieur Minart, j'ai longuement réfléchi et j'ai quelque chose à vous annoncer.

— Je vous écoute.

— Je n'envisage pas d'attendre plus longtemps.

— Pourtant, je vous l'ai dit. Il vous faut être prêt pour rencontrer Monsieur Melaz. Et vous ne l'êtes pas, de toute évidence...

— En vérité, je doute d'être prêt un jour, figurez-vous.

— C'est un constat désolant.

— Certes. Eu égard, néanmoins, à la patience dont j'ai fait preuve en séjournant durant trois jours et deux nuits dans votre... honorable établissement, je vous demande une faveur.

— Dites toujours.

— J'aimerais que vous informiez tout de suite Monsieur Melaz de mon intention de renoncer à le rencontrer.

— C'est une faveur que je peux vous accorder, si vous y tenez.

— C'est important pour moi, confirma Jean avec forte conviction.

— Eh bien soit. Je le ferai.

— Vous m'en savez gré.

L'intendant s'apprêtait à sortir, quand Jean l'interpella :

— Oh, une dernière chose, Monsieur Minart.

L'intendant s'arrêta et se retourna, visiblement impatient de quitter les lieux au plus vite.

— Comment avez-vous su que je prendrais contact avec vous ?

— Je regrette, Monsieur Delange. C'est une question à laquelle seul Monsieur Melaz pourrait répondre.

Et l'intendant se retira sans autres formalités.

Aussitôt qu'il fût sorti, Jean retira ses chaussures et se précipita vers la porte, qu'il entrebâilla légèrement, à temps pour apercevoir l'intendant obliquer sur la partie droite du couloir. Jean se faufila à sa suite et s'arrêta à l'angle droit du couloir, se penchant juste assez pour voir l'intendant emprunter la porte qui se trouvait au fond. Il poursuivit alors sa filature vers la porte en question qu'il ouvrit avec précaution. Elle débouchait sur un petit hall, qui menait vers un unique escalier courbé grimpant vers la droite. Il s'avança précautionneusement pour éviter d'être vu de l'intendant qui en montait les marches, puis grimpa à son tour avec l'agilité d'un félin en chasse. Arrivé en haut, l'escalier débouchait sur un hall, qui desservait de chaque côté, deux nouveaux couloirs. Jean se faufila dans le hall, jeta un rapide coup d'œil sur le couloir de gauche et ne vit rien d'autre qu'une succession de portes inertes. Il regarda sur le couloir de droite et en vit une se refermer. Il s'avança prudemment jusqu'à en être très proche et entendit alors la voix de l'intendant. C'était probablement là que se trouvait Claude Melaz.

Jean essaya d'ouvrir une des autres portes qui se trouvaient à proximité. Par chance, il tomba sur une sorte de remise dans laquelle se trouvaient plusieurs armoires, dont l'une entrouverte, laissait apercevoir du linge de maison.

Jean se faufila à l'intérieur et poussa la porte derrière lui, mais sans la refermer totalement, de sorte qu'en la laissant très légèrement entrebâillée, il pouvait apercevoir celle de la pièce où se trouvait peut-être Claude Melaz.

Il attendit ainsi un moment qui lui parut interminable, puis il entendit à nouveau une voix proche, de quelqu'un qui s'apprêtait certainement à sortir. La porte s'ouvrit effectivement et en sortit Fulbert Minart, qui la referma derrière lui.

L'intendant repartit alors dans le sens inverse de celui par lequel il était arrivé.

Jean attendit qu'il soit parti et sortit doucement de la remise. Il jeta un coup d'œil dans le couloir. Il avait disparu.

Il s'approcha alors de la pièce que l'intendant venait de quitter et prenant son courage à deux mains, en ouvrit la porte sans formalités et entra.

25

Jean découvrit avec surprise une très grande et jolie pièce, qui n'avait rien de commun avec la nudité austère de celle dans laquelle il venait de séjourner trois jours durant. Elle était somptueusement décorée et agrémentée de très beaux meubles d'époque.

Un homme seul, de dos, et regardant par la fenêtre se trouvait au fond de la pièce.

— Monsieur Delange…! Alors vous voilà enfin prêt à me rencontrer… proclama sentencieusement l'homme.

Puis il se tourna vers Jean.

L'homme, svelte, était plutôt grand, un mètre quatre-vingt bien tassé.

Sa voix était grave et dolente, mais élégamment posée.

Chaque syllabe avait été méticuleusement articulée, comme si sa diction avait eu l'ambition de toucher une éminente perfection. Elles avaient été prononcées avec la lenteur élégante de ce qui se veut précisément réfléchi.

Une éclatante chevelure blanche, coupée court, éclairait son visage, plus sombre, qui avait un air subtilement inquiétant.

Ses yeux noirs, puissants, déstabilisaient, tandis que le reste de son visage, adouci d'un sourire au charme soyeux, apportait l'impression d'harmonie qui s'en dégageait, comme une caresse apaisante. Mais comme la beauté du tigre n'enlève rien à sa férocité, le voile doucereux de ce sourire n'ôtait rien à l'aura résolument déconcertante qu'il diffusait insidieusement.

Il portait des vêtements identiques à ceux qui avaient été donnés à Jean : un pantalon beige en toile et une tunique, mais qui était, quant à elle, de couleur jaune soleil.

Sa présence s'imposait d'une manière appuyée, confondante, captivante, mais néanmoins marquée d'une distance éprouvée. Comme le célèbre Kilimanjaro que l'on peut observer depuis la plaine africaine, s'imposant de son incroyable puissance, mais qui parait en même temps terriblement inaccessible.

L'homme se rapprocha doucement de Jean d'un pas calme et assuré, alors que ce dernier, surpris par cet accueil inattendu, était resté figé sur le seuil de la porte.

— Mais entrez donc Monsieur Delange. Vous n'allez pas rester planté là. Asseyez-vous je vous prie, dit-il avec une étonnante amabilité, tout en désignant l'un des fauteuils agréablement disposés un peu plus loin, dans une partie de la pièce qui faisait office de petit salon.

Jean s'exécuta sans rien dire. L'homme le suivit et s'installa sur le second fauteuil placé à côté, séparé par un magnifique guéridon Empire.

— Permettez-moi de me présenter : Claude Melaz, reprit l'homme pompeusement, une fois qu'il fut parfaitement ajusté sur son fauteuil.

— Je m'en serais douté, répondit Jean, qui parvenait péniblement à contenir son empressement.

— Evidemment, consentit-il. Il me plaît toutefois, de temps à autre, de satisfaire encore à certaines règles de bienséance de votre société si conventionnée.

— Ah ? Je n'ai pas eu cette impression.

— J'ai bien peur de ne pas saisir la portée de votre remarque, dont je ressens l'humeur vaguement désagréable.

— C'est que l'attente a attisé mon impatience, se reprit Jean.

— C'est l'inverse qui aurait dû se produire. L'attente doit éveiller la tempérance.

— C'est qu'il me tardait particulièrement de vous rencontrer, Monsieur Melaz.

— Alors pourquoi avoir attendu si longtemps ?

— Vous plaisantez certainement…

— Pas du tout, Monsieur Delange. J'avais hâte au contraire que vous vous sentiez enfin prêt à me rencontrer. Voilà qui arrive. J'en suis extrêmement heureux. Bien que j'eusse évidemment préféré que cela survienne plus promptement.

— Je constate que l'humour fait également partie de votre registre.

— Pas le moins du monde. L'humour est en général subsidiaire à toute action que j'entreprends.

Dans le cas présent, aucun sentiment agréable ne s'est joint à ma démarche. Je peux vous l'assurer.

— Mais enfin, vous n'allez pas me dire que depuis mon arrivée, vous attendiez sérieusement que je m'impose à vous par un tel subterfuge ?

— La vérité est sans doute plus subtile, pour être tout-à-fait honnête.

— Je crains alors de ne pas être suffisamment *subtile* pour bien comprendre votre vérité. Peut-être pourriez-vous la rendre moins *subtile*, pour me permettre d'y accéder ? ironisa Jean avec une certaine maladresse.

— Force est d'admettre que nos appréciations respectives des faits dont il est question diffèrent de manière sensible. Vous avez deviné que cela n'est pas sans signification. Je ferais offense à votre intelligence en feignant de l'ignorer plus longtemps. Mais ce que vous n'avez pas encore saisi, c'est la portée réelle de ce que cela implique.

— Et quelle en est donc la portée ?

— Tout simplement que votre raisonnement, vos réactions, et l'ensemble de vos modes de pensées se trouvent encore sous le joug de la contrainte sociétale dont vous êtes le prisonnier sans le savoir.

— Et vous déduisez cela de la politesse dont j'ai fait preuve à votre égard en attendant respectueusement que vous acceptiez de me recevoir…?

— Mais justement, personne ne vous a demandé de subir cette attente.

— C'était sous-entendu, vous le savez bien. Ce sont les usages.

— C'est bien là que se trouve le cœur de la question, Monsieur Delange. Les usages auxquels vous faites référence n'ont pas cours ici. Ils ont été abolis.

— Un monde sans règles alors.

— Je n'ai pas dit cela. Un *monde*, pour reprendre votre terme, dont les règles ont été revues. Ennoblies, devrais-je dire.

— Ennoblies ? répéta Jean avec une ostensible ironie.

— Le mot est parfaitement pesé. Nous prétendons que les règles de notre communauté ont été serties de la noblesse dont les vôtres sont tristement dépourvues.

— Vous trouvez que laisser attendre son invité est plus noble ? Il me semble que l'hôte qui fait l'honneur de recevoir son invité doit se montrer obligeant à son égard.

— Et en quoi trouvez-vous qu'il est davantage faire honneur de recevoir que de rendre visite ? Celui qui visite offre tout autant d'honneur à celui qui le reçoit.

Jean observa un instant Claude Melaz avec une certaine incrédulité. Cet homme paraissait fermement convaincu par ses propos d'un autre ordre. Il lui sembla alors inutile de le suivre sur cette voie.

— Ecoutez, Monsieur Melaz, cette conversation est indéniablement passionnante, mais je ne suis pas venu vous voir pour philosopher sur les fondements des règles de vie en société, fussent-elles astucieusement revisitées dans votre communauté.

— Je ne l'ignore pas.

— C'est pourquoi…

— Toutefois, le coupa Claude Melaz, il est résolument indispensable que vous les compreniez parfaitement.

— Et pourquoi cela ? s'étonna Jean.

— Eh bien tout simplement pour que vous soyez en mesure de comprendre ce que j'ai à vous apprendre.

— Ce que vous avez à m'apprendre ? répéta Jean dont la curiosité venait d'être piquée au vif.

— Oui, ce que vous souhaitez apprendre à propos d'Ana. C'est bien le motif de votre visite, n'est-ce pas ? lança Claude Melaz en affichant un sourire de satisfaction surfait.

— Vous savez où elle se trouve ?

— Evidemment.

— Elle est ici ?

— Ainsi que je viens de vous le préciser, ce que j'ai à vous apprendre suppose que vous ayez au préalable parfaitement assimilé un certain nombre d'autres considérations.

— Pourquoi faire tant de mystère ?

— Imaginez que vous n'ayez jamais encore vu la lune et qu'arrive le jour où l'astre doit vous êtes présenté pour la première fois. L'appréciation que vous en auriez alors, en serait irrémédiablement différente selon qu'elle vous serait présentée par sa face sombre ou par sa face lumineuse. Vous saisissez ?

— Vaguement, bien que je ne vois pas très bien où vous voulez en venir.

— Ce que j'ai à vous révéler mérite que vous le perceviez sous l'angle adéquat. Faute de quoi, les conséquences pourraient en être tout-à-fait regrettables. Cuisantes.

Et en disant cela, le regard de l'homme se fit infiniment plus pénétrant.

Puis il acheva :

— Il est un moment où il faut savoir choisir entre le rêve et la réalité.

Jean le considéra un moment, tentant de percevoir la profondeur de ce que révélait cette annonce au trait aigu.

— Très bien. Je vous écoute, s'inclina Jean, soudainement inquiété de la composante mystérieuse et sournoisement menaçante du ton pris par le leader des *Peupliers*.

— Voilà qui me ravit. Permettez-moi tout d'abord de vous exposer la signification de la dénomination de notre communauté des *Peupliers*. En avez-vous une idée ?

— Pas le moins du monde, répondit Jean, tentant de masquer son indifférence à cette question.

— Eh bien voyez-vous, le peuplier est avant tout un arbre, symbole de vie, qui est aussi le précepte majeur de notre communauté : nous vénérons la vie. Mais le peuplier est aussi un arbre dont le système racinaire est particulier : il est très dense et s'étend avec force. C'est aussi ce que nous prônons : construire nos fondations avec cette force racinaire, ce qui en garantit la solidité. Par ailleurs, l'origine étymologique de peuplier, provient du latin *populus,* qui signifie le peuple : nous entendons en effet redonner au peuple la place qu'il a perdu dans votre société moderne, qui a oublié que toute forme de progrès et toute action humaine devraient avoir pour vocation de servir le peuple, au sens le plus large qui soit, et non au profit d'une poignée de nantis dotés de privilèges exorbitants.

— Marx se serait enivré de vos paroles.

— C'est un précepte qui rappelle évidemment les bases du Communisme, j'en conviens. Mais nous nous excluons radicalement de ce système, dont bien d'autres de ses aspects et de ses travers, ne répondent en rien à l'essence même de nos convictions.

— Je ne demande qu'à vous croire.

— Je suis certain que vous vous en persuaderez quand vous aurez apprécié la globalité de nos commandements.

— ...

— Par ailleurs, la consonance même des *peupliers,* n'est pas sans rappeler les *Templiers,* cet ordre religieux et militaire, cette armée des Croisades issue de la chevalerie Chrétienne du Moyen Age et qui était voué à la protection des pèlerins. Notre communauté, d'une certaine manière, est une croisade pour un ordre nouveau, celui de la renaissance humaine et de l'évolution vers la connaissance profonde de l'homme.

— La renaissance humaine ? répéta Jean avec une ironie un peu trop appuyée.

— Ne soyez pas si cynique, Monsieur Delange. Vous devriez faire preuve de plus d'humilité et d'ouverture d'esprit. Sauriez-vous me faire grâce de votre mauvaise humeur ?

— Je vous promets d'essayer. Mais avouez que ce n'est pas facile.

— Votre quête d'Ana devrait vous y aider... ajouta-t-il dans un soupir lourd de sous-entendus. Puis il reprit : « Cette brune jeune fille, à la taille du peuplier », écrivit Balzac. Voilà qui conclut plus légèrement, mais très fidèlement notre pensée.

— C'est assez touchant.

— Vous qui êtes passé si prêt de la mort, vous devriez être capable de plus de hauteur, professa-t-il. Mais cela viendra…

A nouveau, Jean se sentit percé de part en part par cette remarque, qui en disait long sur ce que semblait savoir de lui cet homme aux déclamations perçantes.

— Comment savez-vous tout cela sur moi ? interrogea Jean avec une émotion empreinte d'inquiétude.

L'homme rit d'un rire bref mais comme muselé.

— C'est une excellente question Monsieur Delange. Mais je crois que vous n'êtes pas encore prêt à en entendre la réponse.

Les deux hommes restèrent un instant à s'observer en silence. Puis Claude Melaz, changeant de ton, reprit la parole.

— Je tiens toutefois à vous rassurer sur un point : la liberté de chacun est le principe auquel nous attachons la plus grande importance. Ainsi, chaque membre de la communauté est libre de la quitter quand il le souhaite, sans aucune contrainte, d'aucun ordre que ce soit. Evidemment, cela n'arrive que très rarement, mais il est essentiel que chacun en ait la parfaite mesure. Aussi, sachez Monsieur Delange, que vous-même avez la liberté de quitter cette pièce et de retrouver votre vie à tout moment, sans qu'aucune résistance, ni représailles ne pèsent sur vous. Nous ne sommes pas une secte. Il est important que vous en soyez convaincu. L'êtes-vous Monsieur Delange ?

— Je crois que oui.

— A la bonne heure. Je peux donc poursuivre mon exposé.

— Puis-je avant cela vous poser une question ? s'enquit sincèrement Jean.

— Faites donc, consentit volontiers Claude Melaz.

— Quelle est la position exacte de Monsieur Minart dans votre communauté ?

— La position de Fulbert Minart est probablement la plus complexe de notre communauté. Il est en quelque sorte l'interface entre votre société et la nôtre. Il est le cordon ombilical qui nous maintient encore avec la civilisation moderne et qu'il nous est encore impossible de sectionner.

— Pourquoi cela ?

— Parce que notre planète est un monde fermé, duquel il nous est impossible de nous évader totalement. Nous devons donc maintenir ce minimum de liaison, afin de pouvoir survivre. Votre société accepte mal les dissensions. Elle les craint. Il nous faut donc conserver un semblant de conservatisme, bien qu'illusoire, pour notre survie. Faute de quoi, nous serions détruits. L'homme « civilisé » détruit tout ce qui lui fait peur, ce qu'il ne comprend pas ou ce qui est différent.

— Vous généralisez.

— Moins que vous ne le pensez. Réfléchissez un instant : de tous temps, l'homme a farouchement combattu ce qui l'effrayait, que ce soient ses prédateurs, les partisans de religions différentes, les autres peuples, et de manière générale, toutes minorités, de quelque nature qu'elles soient. Pensez, pour n'en citer que quelques unes, à ces minorités «dérangeantes» qui ont tant souffert de cette oppression marginalisant systématiquement tout ce qui ne répond pas à une « normalité » artificiellement définie : les indiens d'Amérique, les incroyants, les homosexuels, les noirs, les personnes souffrant de déficience mentale,…. La liste est dramatiquement longue. Les communautés dissidentes en font partie. La prudence est donc de mise. Moyennant quoi, nous devons conserver une image *politiquement correcte,* pour reprendre la formule consacrée, et qui reflète avec une intense éloquence toute la condition de votre système : la politique règne en maître, là où l'homme a perdu sa souveraineté légitime, et par là-même, obéré l'immensité suprême de son âme.

— Vous n'êtes pas les premiers à vous prévaloir d'aussi vertueuses intentions.

— Heureusement non, il a toujours existé une poignée d'hommes, plus éclairés, qui poursuivent ce combat pour une évolution pure de l'homme.

— Votre jugement est sévère. Notre civilisation évolue, dans le sens du progrès. Vous ne pouvez nier tout ce qui est accompli pour préserver la paix, pour ne citer que cela.

— Je suis d'accord avec vous. Il existe par exception des élans progressistes bénéfiques. La médecine en est certainement le plus accompli. Bien que persiste là aussi un aveuglement déconcertant.

— Ah bon, en quoi ?

— L'homme persiste à consacrer l'essentiel de son action à combattre les conséquences des maladies, dont il continue d'ignorer les causes. Alors qu'il est au contraire fondamental d'en maîtriser les fondements originels, afin d'en éviter la survenance. A l'instar de ce qu'a compris la philosophie médicale chinoise depuis des millénaires.

— Votre communauté cherche donc à s'affranchir de la médecine traditionnelle.

— Pas exactement, mais nous sommes allés plus loin que les honorables sages chinois, de telle manière que nous avons réussi à éradiquer presque totalement la maladie. Toutefois, dans les cas devenus rarissimes où la maladie survient encore, nous avons alors recours à la médecine moderne, qui intervient alors en ultime recours. L'accident peut être un autre cas où l'arsenal hospitalier doit être sollicité. Bien que là encore, les cas sont devenus rares, car nous avons érigé la prudence en vertu préventive essentielle. Il est sidérant de constater avec quelle facilité les accidents peuvent être évités quand on en dissèque avec une sagacité acharnée les mécanismes causaux. La grâce d'une prudence calculée et intelligemment orchestrée permet d'en éviter la survenance, dans la multiplicité des situations.

— Et en quoi consiste votre médecine préventive ?

— C'est un des éléments les plus complexes de notre communauté. Nous avons érigé en ce domaine des règles obligatoires de vie, aux vertus préventives et bénéfiques pour notre santé.

— Des règles obligatoires ? J'ai cru comprendre que la liberté individuelle était un principe intangible ?

— Oui, pour ce qui est de quitter la communauté.

— Dans la vie intrinsèque courante, il existe des règles obligatoires auxquelles les membres sont tenus et qui sont parfaitement respectées.

— Et comment parvenez-vous à un tel respect systématique de toutes ces obligations ? L'homme passe habituellement son temps à violer les règles et à déployer des trésors d'ingéniosité pour s'en affranchir.

— Cela résulte d'un apprentissage initial qui amène chacun à comprendre jusque dans ses racines, les fondements de ces obligations.

— Mais encore ?

— Une des premières règles enseignées au cours de notre phase d'intégration…

— Une phase d'intégration ?

— Oui, j'y reviendrai. Ainsi donc, lors de cette intégration initiale, nous amenons les nouveaux adeptes à comprendre que l'homme, comme tout être vivant, présente des points forts et des faiblesses. L'une de ses faiblesses consiste en une inconstance de sa lucidité envers lui-même et son propre bien être. Ainsi, il ne peut prétendre conserver une attitude infailliblement responsable. Parfois, il s'égare. Il a donc besoin qu'un cadre soit fixé et qu'une autorité extérieure veille à ce qu'il soit respecté, pour son bien. Dès lors, s'il comprend cela, il accepte plus facilement les règles de protection obligatoires.

— Je suis contraint de vous objecter que les principes préventifs existent depuis longtemps et donnent d'excellents résultats.

— Certes, mais encore bien insuffisants. Pourquoi, à votre avis ?

— Parce que l'homme aime vivre dangereusement ? plaisanta Jean, mais sans que cela ne reçoive écho auprès de son interlocuteur.

— Parce que la prévention est imposée par une minorité sans être comprise par les autres. Nous nous évertuons, quant à nous, à en exposer avec pertinence le bien fondé. Ainsi, une fois le problème posé, les solutions sont imaginées par l'ensemble. Dès lors, les règles sont comprises et voulues, et donc respectées sans contraintes.

— Vous parliez de phases d'intégration pour les nouveaux arrivants. Ces règles préexistantes leur sont donc bien imposées à ce moment-là, n'est-ce pas, sans qu'ils aient, eux, à y œuvrer ?

— C'est exact. Mais à cette différence que les nouveaux adeptes sont encouragés à donner leur avis et à imaginer de meilleures solutions. Alors, l'éventuelle proposition est examinée par l'ensemble, et elle pourra être avalisée et se substituer à celle établie au préalable. Mais si après réflexion, le nouvel adepte ne trouve pas de meilleure solution, il s'y pliera bien plus volontiers. Ce procédé contribue à une amélioration constante de nos règles de fonctionnement.

— Cela semble assez vertueux, mais ces bonnes intentions apportent-elles vraiment l'adhésion unanime que vous vantez ?

— Oui, mais il faut considérer qu'un autre critère essentiel en valide la réussite.

— L'absence d'esprit critique des participants ?

Silence.

Regard consterné du leader qui se contient, puis reprend.

— Nos adeptes ne sont pas des élèves dociles, Monsieur Delange. En revanche, ils sont pourvus d'une maturité d'esprit indispensable à appréhender les concepts que nous enseignons.

— Ah, parce que de surcroît vous professez ?

— Bien évidemment, personne ne peut prétendre s'élever vraiment sans être porté par la richesse de l'enseignement. Pour découvrir les champs stellaires, encore faut-il disposer de l'astrographe adapté. Que pourrait donc prétendre savoir des astres l'astronome sans son outil de grossissement optique ? C'est ce que nous offrons ici, un instrument qui dévoile ce qui ne peut être aperçu de l'œil myopisé du profane.

— Et qu'entendez-vous par maturité d'esprit ? Cela veut tout dire et ne rien dire.

— Je vous l'accorde. Je dirais que c'est être capable d'entendre si l'on souhaite véritablement écouter.

— Voilà qui n'est guère plus éloquent. Je me serais attendu à un adage plus limpide.

— Et pourtant. Tout est dit.

— Tout de même, le sujet mériterait une approche plus complexe.

— Croyez-vous qu'il soit nécessaire d'éventer les idées avec complexité pour en diffuser plus sûrement la subtilité ? Je pense au contraire que l'authentique se transfigure par son unité, comme le granit ne s'impose jamais mieux qu'à l'état de bloc, tel un monolithe prodigieux et écrasant.

— Voilà qui est déjà plus inspiré.

— Puisqu'il le faut…

— Selon vous, la simplicité des concepts en garantirait l'adhésion.

— Cela s'entend.

— Est-ce là votre rôle que d'intégrer les nouveaux adeptes et de leur enseigner vos concepts ?

— En réalité, nous ne parlons pas d'intégration, dont le sens est par trop éloigné de la signification véritable de cet acte fort. Nous parlons d'adoption, dont la signification familiale est bien mieux adaptée.

— Ainsi donc, vous êtes une grande famille.

— C'est un peu ça. D'ailleurs, chaque nouvelle adoption est célébrée avec ferveur.

— Oserais-je m'imaginer une danse frénétique aux rythmes scabreux ?

— Votre imagination se méprend un peu vite. Une cérémonie d'une digne solennité est organisée, bien qu'elle soit auréolée de festivités chromatiques. Il n'en reste pas moins qu'il s'agit d'un rituel très formalisé. L'adoption d'un nouveau membre est un sujet essentiel et fortement symbolique de notre communauté.

— En quoi ?

— Cette adoption est une renaissance.

— Une renaissance ?

— Oui, c'est naître à nouveau pour cet être qui nous rejoint dans une vie nouvelle pour lui.

— Une vie spirituelle, je présume.

— Evidemment, mais cela ne se limite pas à cela et nous l'envisageons autrement. On associe le plus souvent à la vie spirituelle, la religion, la prière, le renoncement à l'esthétique, l'ascétisme. Nous sommes très éloignés de ces pratiques contraignantes.

— Vous me pardonnerez mon soupir un tantinet narquois sur ce dernier sujet, tant l'austérité de l'endroit dans lequel je viens de séjourner n'est pas loin de ressembler à un purgatoire.

— L'austérité de votre « zone de villégiature » transitoire, où vous avez passé ces deux nuits, sert habituellement à tester la motivation de ceux dont la sincérité de l'engagement reste encore trop douteuse.

— Je me plais à imaginer que vos membres adoubés sont confiés à un logis plus coquet.

— A l'issue de son adoption, notre nouvel élu bénéficie d'un appartement dont il choisit librement l'agrément et la décoration. L'intégralité des membres de la communauté se dévoue alors à cette réalisation. Ainsi, l'adoption est une œuvre profondément collective. A la différence de sa naissance première, qui fut déchirement et souffrance, la renaissance de nos adoptés est symbiose et volupté.

Jean se prit alors à observer avec une plus fine attention la pièce magnifiquement décorée dans laquelle les deux deviseurs se trouvaient.

— La richesse de mes appartements, réagit Claude Melaz - devinant facilement les pensées de Jean - vous surprend-elle ? interrogea-t-il tout en désignant fièrement de son bras hautement levé le mobilier et la décoration.

— Elle contraste sérieusement avec l'idée que l'on se fait d'une telle communauté, admit Jean.

— Là encore, nous nous distinguons singulièrement de ces idées reçues. La recherche de la pureté de l'esprit ne doit pas aliéner l'amour du beau. Bien au contraire, l'art, pris dans son sens le plus pur, qui est la représentation du beau, dévoile toute la richesse de l'humanité. Il en révèle son exceptionnalité. Il illumine l'œuvre de beauté dont l'Homme est capable. Car au fond, seul l'esthétique distingue véritablement l'Homme des autres créatures vivantes. Si vous observez attentivement, toute l'agitation humaine ne répond à rien d'autre que la satisfaction sophistiquée de ses besoins primaires : se reproduire, se nourrir, protéger son territoire, survivre. Seul l'art peut prétendre échapper à ces desseins primitifs. Lui seul trahit la beauté de l'Homme. Il en exhale sa supériorité terrestre et proclame ce qu'il est vraiment : un être céleste.

— Vous voilà bien philanthrope.

A cette remarque, Claude Melaz sourit avec une douceur nouvelle.

— Vous venez là de comprendre quelque chose d'essentiel, Monsieur Delange. Notre œuvre est résolument philanthropique. Nous aimons l'Homme. C'est pour cela que nous en fuyons la perversion organisée. Votre société souille l'homme comme les nappes de pétroles échouées sur les plages en violent la pureté. Elle en noircit la beauté intrinsèque et véritable. L'Homme est beau. Résolument. Mais il est sali, violenté, aliéné. Il se détruit peu à peu. Nous sommes en quelque sorte l'Arche de Noé de la beauté originelle de l'Homme.

— Tout cela n'est-il pas un peu… radical ?

— J'aimerais le croire. Mais êtes-vous si sûr que cette vision est aussi radicale qu'elle y parait…?

Jean fixa le regard de Claude Melaz, dont la profondeur incantatoire le captivait. L'apologie était loin d'être absurde ou fantasque. Du plus profond de lui, il ressentait qu'il s'agissait là d'une vérité qu'il ne pouvait ni réfuter, ni rejeter. Il sentait sourdre en lui une adhésion si intime qu'il en frissonna. Aussi ramena-t-il son attention, comme pour se défaire de ces pensées déviantes, sur l'aspect pratique du sujet dont avaient surgies ces idées à la force troublante.

— Vous disiez donc que l'intégration… je veux dire l'adoption d'un nouveau membre s'accompagne d'une sorte d'offrande collective portant sur son futur logis…

— Oui. Une fois passées les différences phase de l'adoption, l'adopté exprime la manière dont il souhaite que soient aménagés ses appartements, qui seront le refuge intime de sa nouvelle vie. Ainsi, notre dernier adopté, Olivier, fasciné par le Japon ancestral, souhaitait que son habitat se baigne d'influence japonaise. Alors, l'ensemble de la communauté a œuvré de concert pour réaliser son souhait et lui a aménagé un appartement au pur style japonais traditionnel, fait de pièces en tatami, de portes coulissantes en papier de riz et de *fusuma* en tissus peints, de *ranma* richement sculptés, de paravents, de futons et de meubles laqués. C'est un véritable chef d'œuvre. Olivier en fut ému aux larmes en le découvrant.

— Cela relève d'une surprenante générosité.

— Pas tant que cela, si l'on appréhende correctement notre philosophie. Comme chacun sait, le logis est l'un des besoins fondamentaux de l'homme. En le satisfaisant de manière aussi aboutie, il disparait de ses préoccupations premières. Son attention peut alors s'élever vers de plus vertueuses préoccupations. Et puis, cet acte est d'un symbolisme extrême. C'est pourquoi la découverte par l'adopté de son nouveau refuge consacre l'ultime étape de la cérémonie.

— Tout cela semble couvert d'un doux embrun de perfection.

— C'est plus qu'une perfection : c'est une quintessence ! Une quintessence dont la beauté artistique en a sublimé l'essence, et dont l'œuvre suprêmement collective en a transcendé la générosité. C'est un acte d'amour.

L'encensement, aussi exagérément grandiloquent fut-il, émut Jean qui se sentit pénétré de l'aura bienfaisante se dégageant de la voix de Claude Melaz.

Ce dernier, doté d'une connaissance profonde des sentiments humains, perçut parfaitement ceux que son lyrisme exalté développait chez Jean, ce qui l'embrasa encore davantage.

Il poursuivit donc son éloge en portant aux nues l'œuvre adoptive idéalisée par la communauté, l'élevant en un acte de foi réciproque, en une communion fusionnant l'adopté et la communauté.

— C'est alors que le miracle se produit, acheva Claude Melaz avec emphase.

Jean, soulevé par sa rhétorique enjouée, ne perçut pas immédiatement l'exagération du terme employé, qui, ne se révélant à son esprit analgésié qu'après un court instant de silence consenti par l'orateur, lui parut soudain trop abondant.

— Un miracle ? réagit-il donc fébrilement, sortant maladroitement de sa torpeur.

— Ce n'est rien de moins que cela, confirma-t-il.

— L'affirmation n'est-elle pas un peu trop déiste en ces lieux ? osa Jean, ne sachant trop comment réagir à l'affirmation curieusement hiératique.

— C'est une exception de langage que nous tolérons dans l'athéisme de notre philosophie. Car il n'est de mot plus juste que celui-là, malgré son usage habituellement divin.

— Et quel est donc ce prodige ?

— L'adopté se dénude !

— Je vous demande pardon ? s'alarma Jean.

— L'adopté se dévoile dans tout ce qu'il est de plus pur et de plus authentique. Sa véritable nature se montre au grand jour sans pudeur et sans retenue, dans sa beauté virginale. L'adopté se présente entièrement et intimement. Il s'offre à son tour à la communauté. C'est ce que nous appelons *la métamorphose*.

— Ce qui signifie ?

— Qu'il se transforme…

— Mais encore ?

— C'est à ce moment là que l'adopté découvre et comprend ce que sera sa nouvelle vie.

— Votre fameuse renaissance…

— Oui, la renaissance s'opère alors. Mais ce n'est pas tout.

— Et que peut-il y avoir d'autre ?

— C'est aussi un deuil.

— Un deuil ?

— Oui, la plupart du temps, l'adopté fait alors le deuil de son ancienne vie, à laquelle il choisit de renoncer.

— Ce doit être poignant.

— Non, c'est une euphorie.

— La quintessence du deuil ? ironisa Jean.

— Vous ne croyez pas si bien dire. C'est un deuil heureux.

— Vous poussez l'art de l'antinomie à son paroxysme.

— Il faut concevoir que cet être authentique qui se dévoile est d'une pureté nouvelle, révélant l'essence même de ce qu'il est vraiment. C'est un nouvel homme qui apparaît, sorti de sa chrysalide.

— Une psychanalyse accélérée…

— Fulgurante !

— Après avoir enchanté Marx, vous auriez enchanté Freud.

— Assurément, car cette étape là est toujours une expérience extraordinaire.

— L'apparition du papillon est toujours un spectacle magique. J'en conviens.

— Ouvrez votre cœur et votre âme, Monsieur Delange. Je sais que vous le souhaitez au fond de vous… Cet évènement, tant pour l'adopté, que pour la communauté, est d'une richesse absolue, car rien ne permet de prédire ce qui en émergera.

Jean observa profondément cet homme insensé, incapable de savoir ce qu'il devait en penser. Etait-ce un illuminé burlesque ou un messie d'un nouveau genre ? Un monument de fatuité ou un génie humaniste? Un homme foudroyé d'une effroyable pathologie ou un être pourvu d'un cerveau hors du commun ?

Ses allures de prophète, l'éloquence exacerbée de son discours, la démesure de ses propos, la passion bien trop débordante qui l'emportait ; tout cela évoquait spontanément une forme de démence fanatique.

Pourtant, il y avait autre chose : une combinaison de composants incroyablement prégnants s'étaient insidieusement infiltrés dans son esprit et criaient à Jean une autre vérité. Il émanait de Claude Melaz une aura terriblement enveloppante. L'intelligence pénétrante de son regard, la sincérité poignante de son engagement, la noblesse absolue de son raisonnement, mais surtout, quelque chose de plus insondable : une sorte de mélopée doucereuse et impalpable qui murmurait qu'il s'agissait là d'une réalité affolante, que tout cela était bien réel et que se présentait là une authentique œuvre aux élans bienfaiteurs.

Moyennant quoi, le doute s'insinuait chez Jean avec autant d'acuité qu'une solution colorante se répandant dans une vasque emplie d'un liquide immaculé.

Claude Melaz mesurait parfaitement ce qui se passait alors dans l'esprit désorienté de Jean. Il connaissait bien ce moment où les choses basculent, où l'inconcevable devient plausible, où l'incroyable s'impose, ou les doutes sont poussés dans leurs derniers retranchements et babillent inutilement leurs dernières salves protestataires.

Il aimait ensuite ce moment où la vérité, *sa* vérité l'emportait et s'imposait de toute sa volupté. Quand, d'un dernier regard, comme le dernier coup porté, l'être se résignait et se pliait.

C'est ce qu'il entrevit dans les yeux troublés de Jean : une résistance faiblissante qui lui susurrait qu'il y avait peut-être là quelque chose dont l'exceptionnalité s'esquissait et dont l'existence arguait son droit d'être envisagée.

— Et que se passe-t-il ensuite ? s'enquit alors Jean.
— Nous contemplons ce nouvel être qui vient de naître.

— Et passée la phase contemplative ?

— Nous lui demandons la place qu'il souhaite avoir dans la communauté.

— Il sait répondre à cela ?

— Oui, toujours. Cela lui est révélé aussi clairement que peut l'être une eau de montagne émergeant de son parcours filtrant.

— Et ce rôle qu'il choisit lui est alors confié au sein de la communauté ?

— Oui. Cela s'impose.

— Aussi simplement ?

— Oui. Mais ce rôle est toujours pluriel.

— Ce qui signifie ?

— Chaque individu est complexe et varié. Son rôle ne se réduit jamais à une unicité. C'est ainsi qu'à chaque membre sont attribuées en réalité plusieurs rôles en fonction de ce qui leur sera révélé. Par exemple, notre spécialiste paysager, celui qui conduit les aménagements de nos jardins, est également un excellent cuisinier, de même qu'il réalise de somptueuses fresques dans nos salles.

— Un paysagiste cuisinier et artiste peintre ?

— Surprenant, n'est-ce pas ? C'est pour cela que ce que nous accomplissons ici est prodigieux. Nous sublimons les individus.

— Il y a d'autres cas aussi étonnants ?

— Tous le sont : Octave, notre régisseur, qui organise le fonctionnement quotidien de la communauté, est aussi écrivain. Nous apprécions également ses talents de conteur au cours de soirées de lecture qu'il nous offre chaque premier vendredi du mois. Il anime également les activités potagères, auxquels il se consacre avec la passion d'un alchimiste de la terre. Ou encore, Apostole, notre architecte, qui est aussi un musicien très doué qui s'occupe de l'orchestre de la communauté et dont nous profitons des compositions chaque samedi soir, lors de notre soirée festive hebdomadaire. Ariane, notre ingénieur est aussi notre artiste du bois. C'est elle qui crée les œuvres d'ébénisterie. C'est elle, par exemple, qui a réalisé cette magnifique bibliothèque, dit-il en désignant l'exceptionnel ouvrage qui se trouvait derrière eux et dont les ornements étaient d'une beauté stupéfiante. Ainsi, comme vous le voyez, chaque membre de notre communauté exerce plusieurs rôles en fonction de ses talents.

— Je suppose que vos adeptes ont tout de même un rôle prépondérant, qui les distingue au sein de votre communauté.

— Oui, mais ce n'est pas ce rôle dominant qui les « distinguent », au sens où vous l'entendez. Dans votre société, le métier exercé par un individu le catégorise - souvent, à tort - puisque nombre d'entre eux subissent un métier bien trop éloigné de leurs aspirations véritables.

— Le besoin est naturel pour un homme de s'identifier à un corps défini. Le sentiment d'appartenance à une catégorie est respectable, s'opposa Jean.

— Le corporatisme serait acceptable s'il n'était pas artificiel ou fourvoyé ; en général, suscité par des motifs impurs et menés par des hommes de rien phraséologiques aux ambitions malsaines. Les corporations pourraient être vertueuses, si elles n'annihilaient pas l'identité de ceux qui les composent.

Jean digéra le laïus amèrement partisan, puis reprit, plus accommodant :

— Et quel est le rôle qui vous est attribué ? demanda-t-il à Claude Melaz.

— D'être un guide.

— C'est donc ce qui s'est révélé pour vous.

— Oui, c'est le rôle qui me fut logiquement assigné, en tant que créateur de la communauté.

— Vous dirigez donc cette communauté.

— En aucune manière ! dénia Claude Melaz avec hauteur.

— C'est pourtant ce qu'il serait légitime de supposer, se justifia Jean.

— Ce serait mal supposer.

— Ce n'est pas illogique. Quand on pense guide, on pense meneur, inévitablement.

— C'est un tort. Je ne dirige pas la communauté. Ce serait une aberration, pire, un paralogisme, et même, une bavure.

— Pourquoi cela ?

— J'ai bien trop d'amour pour cette Communauté. La passion aveugle la lucidité. Il faut être merveilleusement lucide pour diriger une telle œuvre. Aussi, mon rôle se borne-t-il à donner mon avis au Conseil Supérieur, qui lui, aide notre Grand Ordonnateur à prendre les décisions de la communauté.

— Un Conseil Supérieur...? Un Grand Ordonnateur...?

— Oui, ces instances intègres se sont vues confier le pouvoir décisionnaire de la Communauté. Le Conseil Supérieur est désigné par l'ensemble des membres, selon des critères objectifs et savamment élaborés. Le Conseil Supérieur, quant à lui, désigne le Grand

Ordonnateur qui présidera la Communauté pour l'année à venir. Et ceux-ci me consultent sur tous sujets. Je leur donne simplement mon avis, en toute neutralité, éloigné de toutes contraintes. Grâce à quoi, mon avis est réfléchi, serein et juste, isolé du tumulte pressant et angoissant des responsabilités décisionnaires.

— Et votre avis est suivi ?

— Oui, souvent, mais pas toujours. Cela n'a pas d'importance pour moi. Seule compte la plénitude libertaire dont s'élève cet avis. Les suites qui y sont données m'échappent.

— Je vous trouve soudainement bien distant du sort de votre communauté, pour quelqu'un qui en parle avec tant d'amour.

— Justement, c'est parce que j'aime cette communauté que je renonce à la diriger. Le renoncement est un acte d'amour éclatant.

— C'est une conception de l'amour qui pactise avec la perversion.

— Vous y allez un peu fort ! Réfléchissez mieux : la liberté n'est-elle pas ce qu'il y a de plus précieux ? La liberté est incontestablement l'enjeu qui a causé le plus de pertes humaines dans toute l'histoire de l'humanité. Que ce soit pour sa liberté de religion, de ses idées politiques, de ses différences, de son territoire, de ses pensées, l'homme s'est toujours battu. La plupart des luttes guerrières ou idéologiques ont eu pour fondement la conquête ou la préservation de la liberté. Partant de là, il est logique de considérer qu'offrir une liberté totale à l'être aimé est la plus belle preuve d'amour qu'il soit possible de lui donner.

— Il y a tout de même des moyens plus heureux de prouver son amour.

— Il n'existe pas de preuve aussi belle que d'offrir cette liberté. L'Amour authentique exige que lui soit offerte la plus belle des preuves. A contrario, la possession est l'anti-preuve de l'amour : la possession corrompt la liberté, et par là même, dénie l'amour. Elle est l'apanage des rustres.

— Vous vous êtes donc dépossédé de tout pouvoir par amour de votre communauté.

— Exactement.

— Et vos *instances intègres* échapperaient à ces travers ?

— Evidemment !

— Comment pouvez-vous en être si sûr ?

— Leurs qualités exceptionnelles le garantissent. Nous avons élaboré une liste de qualités et de compétences qu'il était indispensable de posséder pour prétendre pouvoir prendre les décisions engageant la communauté. Chaque item est établi avec une précision absolue, et fait l'objet d'un système de notation très élaboré. Ceux qui obtiennent les meilleures évaluations se voient alors confier ces missions et donc, le pouvoir décisionnaire de la communauté.

— C'est une forme de rejet de la démocratie.

— Exactement. Nous considérons que la démocratie, telle qu'elle est instituée, est un système déficient.

— La démocratie est pourtant le système le mieux adapté, qui consacre le mieux la souveraineté de l'ensemble des citoyens.

— Ce n'est pas la démocratie, en tant que telle, que nous condamnons, mais la manière dont elle est organisée.

— Vous voulez parler de l'élection par le peuple de ses représentants ?

— Tout-à-fait. La démocratie serait vertueuse si son système d'élection n'était pas perverti.

— Je ne suis pas d'accord. Notre système électoral obéit à des règles rigoureusement préservées. Il est reconnu pour sa fiabilité.

— Je ne parle pas des règles électorales, qui sont effectivement parfaitement établies. Je parle du principe même de l'élection, qui ne repose sur rien.

— Pourriez-vous être plus clair ?

— Pouvez-vous me dire sur quels critères le peuple élit ses représentants ?

— Sur les qualités des candidats, sur les idées qu'ils défendent…

— Foutaises ! le coupa Claude Melaz. En réalité, pour une immense majorité des individus, le choix porte sur des critères vilainement subjectifs : l'esthétique du candidat, l'expression de son visage, son sexe, la couleur de sa peau, sa manière de parler, ce qu'il promet et la manière dont il exprime ses promesses, la famille politique à laquelle il appartient, sa manière de conjurer ses adversaires, etc., etc.,… En définitive, tout repose sur la capacité du candidat à convaincre un électorat, quelle que soit la manière d'y parvenir. La forme anéantit le fond.

— …

— Pouvez-vous affirmer que vos élections reposent véritablement sur d'autres critères que ceux-là ?

Jean hésita. Il ne souhaitait pas vraiment répliquer à ces affirmations, qui, même si elles ne valaient pas pour la totalité des électeurs, influaient très certainement sur une très grande majorité d'entre eux.

— Non, admit donc finalement Jean, vaincu par la force de l'argumentation.

— Ravi de vous l'entendre dire, jubila Claude Melaz.

— Pourtant, malgré tout, cela n'enlève rien à la qualité des candidats, fussent-ils choisis sur des critères…discutables, résista cependant Jean.

— Et comment se mesure la qualité de ces candidats, selon vous ?

— Eh bien... hésita Jean, se trouvant soudain en difficulté pour apporter une réponse précise à cette question.

— C'est bien là tout le problème. Il n'y en a pas ! N'importe qui, ou presque, dispose du droit d'être élu et de diriger ses congénères.

— C'est toute la noblesse de la démocratie. Chaque individu dispose de ce droit. Qu'y a-t-il de choquant à cela ? rétorqua Jean en se reprenant.

— Ce qui est choquant, Monsieur Delange, c'est que cela peut conduire des individus qui ne disposent pas des qualités requises, à disposer du pouvoir de décider pour l'ensemble. Et c'est là que se trouve la gageure de votre démocratie.

— Tout de même, s'opposa Jean, le plus souvent, les candidats élus sont parfaitement compétents.

— Admettons qu'ils soient compétents, ce dont je doute. Sont-ils vraiment les plus compétents ?... souffla t-il empreint d'un sourire goguenard.

— …

— Bien sûr que non ! Force est de l'admettre. Votre système démocratique ne positionne pas à la tête de vos instances, les personnes qui sont – objectivement et de la manière la plus certaine possible – les plus compétentes pour satisfaire à de telles responsabilités. Or, le pouvoir de décider pour l'ensemble n'est-il pas la responsabilité la plus importante qui puisse être ? C'est sur cette responsabilité là que repose la vie de tout un peuple ! Quelle responsabilité peut prétendre être plus grande que celle là ?

Jean se trouvait incapable de répliquer à cette assertion dont la logique, adossée au charisme puissant du guide des Peupliers, était implacable.

Claude Melaz asséna alors son énoncé avec encore plus de véhémence.

— Si l'on prend d'autres fonctions aux responsabilités vitales, bien que moins importantes par leur ampleur et leurs conséquences : médecin, pilote de ligne, astronaute, général de corps d'armée,... et les exemples sont nombreux. Toutes ces fonctions supposent que ceux ou celles qui les assument disposent des qualités adaptées, de la compétence adéquate, ainsi qu'une formation incroyablement pointue. Ainsi, un apprentissage d'une richesse et d'une complexité sensationnelle, assortis d'une kyrielle d'examens, de contrôle et de vérification de toutes sortes garantissent l'aptitude de celui à qui sera confiée cette importante responsabilité. Et ce sont bien les meilleurs d'entre eux qui, après ces années de préparation minutieuse et intensive, se verront investis de ces responsabilités.

Il marqua alors volontairement un temps d'arrêt, pour mieux laisser pénétrer, par un silence calculé, sa tirade dithyrambique.

Puis, d'un air altier, asséna :

— Pouvez-vous affirmer qu'il en est ainsi pour ceux à qui sont confiés le pouvoir de diriger la population dans votre société ?

Jean, s'il n'était pas encore définitivement convaincu par la force des arguments, se trouva tout de même sérieusement ébranlé par la pertinence du raisonnement.

Après un silence plus long encore, Claude Melaz, adoptant une posture plus avenante, adoucit son regard et déclara d'une voix plus alanguie :

— Mais ce rôle de guide n'est pas celui qui domine mes activités ici.

A cette nouvelle observation emplie de sous-entendus, Jean, intrigué, resta silencieux, mais redoubla d'attention.

— Je crois que vous êtes désormais prêt à entendre ce que j'ai accompli… Ainsi que les raisons de votre présence ici, acheva-t-il dans une solennité cauteleuse.

26

— Imaginez un instant que l'homme soit dépourvu d'appareil auditif.

— Vous me demandez d'imaginer un monde d'hommes sourds ? s'étonna Jean.

— L'hypothèse avancée se pose à un niveau plus absolu. Au sens classique, la surdité suppose un affaiblissement ou une perte complète de l'ouïe. Ce que je vous invite à concevoir est plus radical : là, notre espèce serait simplement et totalement dépourvue de ce sens.

— Bien. Admettons. Et alors ?

— Ce postulat impliquerait que toutes les ondes sonores, quelle que soit leur intensité, lui serait absolument imperceptible. Vous saisissez ?

— Il me semble, oui. Et où cette hypothèse singulière nous conduit-elle ?

— Un instant, vous allez mieux comprendre. Ainsi, et par voie de conséquence, les notions de décibel, d'acoustique ou d'intensités sonores lui seraient aussi inaccessibles et indifférentes que le sont pour les créatures des abysses marines, les neiges hymalayennes.

— Un détail vous échappe cependant.

— Ah, et lequel ?

— L'intelligence humaine. A moins que votre espèce, dépourvue d'appareil auditif, se serait également vue défaite de son admirable cerveau.

— Non, le niveau de son intelligence ne gène en rien ma démonstration. Laissons-la lui.

— Dans ce cas, l'intelligence en question contrarierait votre perspective. L'homme est capable de détecter ce que l'absence d'organes dédiés l'empêche de percevoir naturellement. Les sciences physiques révèlent les phénomènes. Le magnétisme, par exemple : l'homme ne le ressent pas. Son existence et sa mesure précise ne lui ont pas échappé pour autant. Enfin, tout cela force l'évidence, me semble-t-il…

— Vous avez parfaitement raison, sourit Claude Melaz. J'ai choisi l'exemple de l'ouïe et des ondes sonores pour la simplicité de la démonstration. Je suis heureux que tout cela ne vous ait pas échappé. Imaginons maintenant l'hypothèse de phénomènes d'une toute autre nature et dont la mesure serait infiniment plus complexe.

— Complexe à quel point ?

— Complexe au point que les connaissances scientifiques actuelles ne seraient pas en mesure de les détecter, et à fortiori, de les comprendre…

— Vous m'intriguez.

— Tant mieux. Cela vous rendra plus captif à ce qui suit.

— Si vous le dites…

— Revenons à notre hypothèse d'une espèce humaine dépourvue d'ouïe. Et pour satisfaire à votre pertinente objection, plaçons-nous à une époque reculée où les connaissances scientifiques n'avaient pas encore atteint le stade avancé que nous connaissons aujourd'hui et qui auraient permis, par l'outil ingénié par l'homme, de détecter le son, et par là-même, de contrarier mon exposé. Vous y êtes ?

— Oui.

— Bien. Allons plus loin : imaginez maintenant que par quelque extraordinaire concours de circonstance, quelques hommes seulement soient pourvus d'ouïe. A votre avis, que se passerait-il ?

Jean comprit alors parfaitement où Claude Melaz voulait en venir et ce que signifiait cette sagace démonstration. Il repensa alors à ce dont Bernard Defeau lui avait parlé à propos de cet homme aux prétendus pouvoirs mystiques.

Quelques mois plus tôt, un tel exposé l'aurait laissé indifférent, ou même, lui serait apparu telle une prédication démesurée. Mais avec ce qu'il avait vécu depuis son accident, sa curiosité ne pouvait qu'être attisée. Aussi se laissa-t-il porter par l'intrigant discours dont l'assujettissait habilement Claude Melaz et répondit-il avec pertinence à la réflexion posée.

— Je suppose que les hommes non-entendants ne comprendraient rien aux témoignages rapportés par ces hommes entendants, sur les sons qu'ils percevraient. Pire, qu'ils passeraient pour fous.

— Oui, parfaitement ! s'enthousiasma Claude Melaz, visiblement satisfait que son hôte ait parfaitement compris la logique de son raisonnement. C'est exactement ce qui arriverait, car les hommes rejettent systématiquement et mécaniquement ce qu'ils ne connaissent pas ou ce qu'ils ne comprennent pas. C'est ainsi. Toujours cette peur de l'inconnu…!

— Et donc ?

— Si je vous disais maintenant qu'il existe des phénomènes bien réels, mais qui nous échappent totalement, car nous ne sommes pas dotés des organes permettant de les percevoir… Si je vous disais que ces phénomènes sont d'une nature si complexe, si subtile, si extraordinaire, que la science actuelle est incapable de les mesurer, et même, est parfaitement incapable d'en percevoir l'existence…

— Je crois deviner ce à quoi vous faites allusion.

— Vous n'en avez qu'une idée infime.

— A l'aune de mes congénères, je présume, railla Jean.

— Tout à fait, confirma pompeusement Claude Melaz. L'homme se trouve encore dans les limbes de son évolution. Il est bien loin de soupçonner les trésors que recèle son potentiel.

— Il n'est donc pas question ici de mysticisme ou autres fabulations ésotériques, risqua Jean tout en regrettant aussitôt le ton un peu trop sarcastique employé.

— Pas le moins du monde.

— Serait-il question de psychokinésie ? se reprit Jean avec la satisfaction de celui qui dévoile une carte maîtresse.

— Vous seriez-vous renseigné à mon sujet ? interrogea Claude Melaz, faignant d'être flatté à cette idée.

— Je ne sais de vous que ce que tout le monde sait, voilà tout, minimisa Jean.

— Tiens, tiens. Et pourriez-vous me préciser ce que tout le monde sait à mon sujet ?

— En réalité, je ne sais pas grand-chose, éluda Jean, gêné, qui ne souhaitait pas lui relater ses échanges avec la voyante, dont la relation avec cet homme, lui parut soudain doucement ambiguë.

Claude Melaz n'insista pas et, prenant un air faussement magnanime, revint sur l'interrogation initiale de Jean.

— La psychokinésie participe en effet au sujet dont il est question. Mais il serait plus juste de parler de psychisme.

— Pardonnez mon ignorance, mais quelle différence y a t-il entre les deux notions ?

— C'est très simple, en définitive. L'une est disciple de l'autre. Ou, dit autrement, l'une est matière de l'autre. Ainsi, la psychokinésie, qui consacre la faculté d'agir sur la matière, par l'esprit, s'inscrit dans la discipline plus générale du psychisme, qui elle, tient dans son rang la globalité des phénomènes et processus relevant de l'esprit, de l'intelligence et de l'affectivité.

— De l'affectivité ?

— Oui, tout ce qui touche à la sensibilité, les sentiments ou les émotions. Toutes ces notions sont étroitement liées. Cela ne devrait pas trop vous surprendre.

— Non, l'idée est communément admise. Ainsi donc, vous seriez une sorte de *spécialiste* du psychisme.

— En quelque sorte, oui, bien que le terme me paraisse galvaudé. Là où le sentiment et l'esprit humain dominent, il est impossible de se prévaloir d'un tel titre. Une complexité aussi infinie exclut la maîtrise. Je peux toutefois prétendre avoir atteint en ce domaine, un niveau de connaissance et d'apprentissage plus avancé que la plupart.

— Si je comprends bien, votre étude porte sur le lien existant entre le corps et l'esprit ?

— Pas exactement : entre la *matière* et l'esprit, ce qui est bien plus vaste ; le corps étant considéré comme un élément, parmi d'autres, de la matière. Voilà tout l'enjeu du sujet qui me passionne.

— Et la psychokinésie en est un élément parmi d'autres…?

— En effet, elle en est un des fondamentaux, au même titre que la télépathie. Croyez-vous en ces phénomènes, Monsieur Delange ?

— Me permettez-vous d'être tout-à-fait honnête ?

— Je vous y enjoins…!

— Eh bien,… non, pas vraiment.

— Pas vraiment ? Voilà un avis bien peu tranché.

— C'est que certains évènements récents semblent avoir fragilisé mes positions.

— Il en est souvent ainsi.

— Que voulez-vous dire ?

— Les faits finissent toujours par trahir les opinions. C'est une constante. Dans ce registre là plus que dans tout autre. Les opinions dont les hommes se forgent sont souvent hâtives, infondées, adossées à de fragiles éléments, puisés ici et là, sans étude approfondie. Elles ne peuvent donc en définitive qu'être ébranlées dès les premières bourrasques de la vérité, quand celle-ci se présente à eux.

— Vous généralisez.

— Pas tant que cela. Preuve en est : sur quelle base avez-vous forgé votre opinion dubitative sur la parapsychologie ?

— Sincèrement, je l'ignore, admit Jean après un instant de réflexion. Probablement pour la raison que le concept est globalement méconnu et contesté.

— Probablement, en effet. Le terme, en lui-même porte d'ailleurs le germe de l'exclusion : on parle bien de *para*psychologie ; *para* signifiant en grec « à côté de », ce qui place de facto la notion en dehors de la psychologie classique. Voilà qui, dès le départ, ne peut qu'induire un préjugé propre à en écarter le crédit. Or, sur quel fondement s'appuie-t'on pour consacrer un tel a priori ?

— Sur le principe louable que ne peut être admis que ce qui est prouvé.

— Voilà bien le principe le plus discutable qui soit. Ainsi, pour suivre cette logique, tout ce qui n'est pas prouvé n'existerait pas ?

— …

— Ce qui reviendrait à prétendre que tant que l'on n'aurait pas réussi à prouver l'authenticité d'un événement, son existence devrait en être rejetée, ou tout au moins, mise en doute. En somme, et pour reprendre votre exemple du magnétisme, nous aurions dû rejeter son existence tant que le phénomène n'aurait pas été prouvé. N'est-ce pas une insulte à l'intelligence ?

— Cela présente toutefois le mérite de la rationalité.

— Faut-il donc que tout soit conforme à la raison pour être accepté ? C'est bien là tout le drame de cette société que nous rejetons, où la raison l'emporte sur l'expérience, où l'avéré domine dramatiquement le supposé, où la logique l'emporte sur l'imaginaire,…

— Enfin ! L'évolution des connaissances doit bien être encadrée.

— Elle n'est pas encadrée, elle est cerclée, brimée, et pour finir, brisée.

— Tout de même, on ne pourrait pas se mettre à admettre comme véridique, toutes les théories qui se présentent, sous le prétexte bravache d'une vertueuse ouverture d'esprit, sans que cela soit un minimum authentifié.

— L'amour a-t-il été prouvé, Monsieur Delange ? Le sentiment amoureux a t-il été analysé, mesuré, authentifié ?

— Cela n'a rien à voir.

— Ah, et pourquoi cela ?

— L'amour est vraisemblablement le sentiment le moins contestable qui soit.

— Il est pourtant celui qui est le moins bien compris. N'est-ce pas ? N'y voyez-vous pas le plus immense des paradoxes ? Le sentiment le plus universel est aussi celui qui est le moins compris.

— Et quel rapport cela a t-il avec votre... discipline ? esquiva Jean.

— Le rapport le plus direct : l'homme est aussi aveugle que l'amour. A cette différence impérieuse : l'amour, bien qu'insaisissable s'est imposé à lui pour des nécessités naturelles liées à sa reproduction ; alors que le psychisme, puisqu'il ne répond pas à ces desseins vitaux, est resté dans l'ombre.

— Vous comparez l'amour aux phénomènes parapsychologiques ? s'indigna Jean.

— Evidemment. Leur point commun est prodigieux ! Abyssal !

— Si prodigieux que je ne le vois pas, répliqua Jean avec humeur.

— Cela ne m'étonne pas.

— Et quel est-il, je vous prie ?

— Leur puissance.

— Leur puissance…?

— Oui. Leur puissance est tout aussi considérable. Incommensurable. Infinie.

— Permettez-moi d'en douter. La comparaison me paraît toujours aussi dissonante.

— Pourtant, vous en avez eu un aperçu éloquent !...

— … Et comment ? souffla Jean dans une fébrilité embarrassée, craignant de deviner ce à quoi Claude Melaz faisait référence.

— Comment pensez-vous donc être sorti de votre coma ? lâcha alors Claude Melaz, de toute sa hauteur.

Jean se trouva violemment bousculé par ces mots dont le sens semblait lourd de portée, mais dont il ne pouvait encore mesurer l'envergure véritable. Comme si tout cela relevait d'une logique qui lui échappait. Il pressentit alors que le leader dogmatique des *Peupliers* s'apprêtait à l'entraîner sur un terrain des plus déstabilisants.

Il prit donc un certain temps avant de répondre à cette réplique inattendue.

— Je l'ignore. J'imagine que certains procédés réparateurs naturels œuvrent d'une manière encore inconnue par la médecine, hasarda-t-il finalement.

— Croyez-vous un instant que de tels procédés auraient pu échapper à la précision phénoménale de l'imagerie médicale actuelle ? Vos lésions étaient d'une gravité telle que vos médecins étaient totalement résignés. Votre coma était jugé irréversible par tous les spécialistes… Et pourtant, vous êtes là, devant moi, en parfaite santé.

— Vous prétendez être pour quelque chose dans la réversion de mon coma ?

— Je ne le prétends pas. Je l'affirme.

— Enfin, c'est insensé. Impossible. Comment pouvez-vous imaginer un seul instant que je puisse avaler de telles inepties ? Vous délirez.

— Et quelles explications vous ont été données par vos médecins, sur cette guérison « miraculeuse » ?

— Aucune, admit Jean après un moment d'hésitation. Cela ne veut pas dire pour autant que cela confirme l'hypothèse fumeuse d'une guérison ésotérique, au moyen de nébuleux pouvoirs relevant de je-ne-sais quelle discipline dont vous seriez l'élu !

— Je comprends que tout cela puisse vous paraître incroyable, répondit calmement Claude Melaz. Pourtant, n'y a t-il pas eu d'autres… évènements survenus récemment dans votre vie, tout aussi incroyables, et dont vous avez pu vérifier par vous même la réalité manifeste et irréfutable…?

— Mais comment pouvez-vous savoir ce qui m'est arrivé ? Comment saviez-vous que je prendrais contact avec vous ? Et qu'est devenue Ana ? s'emporta Jean, se sentant dramatiquement impuissant devant l'assurance exaspérante qu'affichait cet homme dont le charisme machiavélique devenait de plus en plus oppressant.

— Calmez-vous, Monsieur Delange, le pria-t-il avec plus de douceur. Comme je vous l'ai promis, je vais répondre à toutes ces questions. Il importe cependant que vous soyez plus ouvert à ce que j'ai à vous révéler, même si tout cela vous paraît totalement inconcevable. Votre réaction est légitime, mais il est essentiel que vous soyez en mesure de faire cet effort. Pensez-vous en être capable ?

Jean s'efforça de retrouver son calme.

Claude Melaz l'observait avec une apparente bienveillance, dont Jean ne parvenait toujours pas à apprécier la sincérité.

Il se rappela néanmoins que son seul objectif restait de savoir ce qu'était devenu Ana. Le reste ne présentait finalement guère d'importance. Il pouvait très bien le laisser poursuivre son galimatias, jusqu'à obtenir qu'il lui révèle enfin ce qu'il souhaitait savoir. Claude Melaz étalerait ainsi avec satisfaction ses impensables théories, ce à quoi il semblait attacher tellement d'importance, tandis que Jean, quant à lui, en supporterait patiemment l'écoute.

Il pensait que cette stratégie ne porterait pas à conséquence.

Il se trompait.

— Très bien. Je vous écoute, opina-t-il donc après ces quelques instants de réflexion.

Satisfait, Claude Melaz s'adossa calmement à son siège et prit une profonde inspiration, tout en regardant au loin, par la fenêtre donnant sur le paysage boisé, comme s'il y trouvait là la source de sa science. Puis il reprit son récit.

— Ana est un jour tombé par hasard sur l'article qu'avait écrit Christina Djaha à mon sujet, dans une revue spécialisée. Vous avez fait connaissance de Madame Djaha, je crois.

— Comme vous le savez probablement…

— En effet, répondit-il en souriant. Cet article évoquait notamment les pouvoirs curatifs du magnétisme. En avez-vous entendu parler ?

— Je sais l'existence des magnétiseurs. Ma connaissance se limite à cela.

— Il faut savoir que le magnétisme, appelé autrefois *magnétisme animal* fut un temps reconnu par la médecine comme une pratique thérapeutique à part entière, avant d'être peu à peu rejetée, succombant aux polémiques et à la prédominance croissante du rationalisme. Aujourd'hui, le magnétisme reste controversé.

— Il me semblait pourtant qu'il existe un bon nombre de magnétiseurs.

— Oui, sous l'influence de pays étrangers, et notamment de l'Allemagne.

— Pourquoi l'Allemagne ?

— Durant la seconde guerre mondiale, l'Allemagne envoyait la plupart de ses médecins sur les fronts. Les magnétiseurs pratiquaient alors auprès de la population. Après la guerre, les magnétiseurs ont été maintenus. Une formation et un diplôme ont été créés. Les magnétiseurs exercent aujourd'hui dans les cliniques et les hôpitaux. Les magnétiseurs sont aussi reconnus dans d'autres pays, telle que la Suisse et l'Italie. Au Canada et aux Etats-Unis, une législation est en cours d'étude pour y fixer un cadre. En France, cette discipline n'est pas reconnue par la médecine conventionnelle. Il est même interdit à un médecin de conseiller à un patient de solliciter un magnétiseur.

— Il faut dire que le nom même, laisse perplexe.

— Encore une idée reçue. On se demande pourquoi, d'ailleurs. Le magnétisme, en tant que phénomène physique touchant aux forces attractives et répulsives, est parfaitement reconnu. On peut supposer que le charlatanisme, suscité comme il arrive si souvent, par l'appât de l'argent facile, s'est férocement précipité sur cette discipline et en a précipité le discrédit. Toujours est-il que cette pratique thérapeutique, redoutablement efficace, au demeurant, reste qualifiée dans notre pays de pseudo-médecine. C'est regrettable.

— Je suppose que cela vous révolte.

— Non, l'ignorance des autres ne me touche pas. Elle me désole, tout au plus. Quoiqu'il en soit, votre bien-aimée Ana, vous disais-je, y a ouvert son esprit, ou plus exactement son cœur, animée par le désir ardent de trouver un secours à votre inéluctable et dramatique situation.

— Vous l'avez donc vue ?

— Bien sûr. Je vous l'ai dit. Elle m'a supplié de faire quelque chose pour vous. C'était très émouvant. Je n'ai pas pu refuser.

— Alors,... vous m'auriez permis de sortir de ce coma par l'usage du magnétisme ?

— Ce n'est pas aussi simple que cela, en réalité.

— Mais, vous disiez à l'instant que votre talent de magnétiseur en avait permis la réversion…

— C'est vrai, mais cela ne suffisait pas. Il fallait autre chose.

— Et que vous fallait-il d'autre ?

— Voyez-vous, ces pouvoirs particuliers que certains hommes ont su exploiter, s'inscrivent dans une sorte d'harmonie d'ensemble. Ils relèvent d'une même dynamique, qui suppose pour certains d'entre eux, qu'une forme d'interaction subtile se réalise.

— Je ne vous suis pas.

— C'est infiniment complexe, je vous l'accorde. Je vous expliquais à l'instant que ces aptitudes particulières ne se sont révélées que chez très peu de sujets. Et parmi ceux-ci, il est à préciser que ces aptitudes existent à des niveaux très différents. A l'instar du quotient intellectuel, par exemple, dont le niveau peut varier très sensiblement d'un individu à l'autre. Le niveau et la qualité de ces aptitudes se nuancent selon des variations où l'on retrouve également ce type de potentiels extrêmes.

— Et comment cela se mesure-t-il ?

— Nous ne savons pas encore véritablement le mesurer. Nous n'en sommes encore qu'au stade de l'exploration. Il semblerait que ces aptitudes extrasensorielles ou métapsychiques s'inscrivent dans un ordre universel. Nous supposons que l'ensemble des éléments qui composent l'univers interagissent selon des mécanismes infiniment complexes dont la science moderne a commencé à identifier certains fondamentaux. Nous touchons ici à des notions dont vous connaissez déjà l'existence : la physique quantique, la relativité, la théorie quantique des champs,…

— La théorie quantique des champs ?

— Oui, c'est une théorie touchant aux interactions des particules, mais qui serait trop délicate à vous exposer maintenant.

— Il me semble en tout cas que ces sujets n'ont rien de mystiques.

— Heureux de vous l'entendre dire. Notre communauté, nos démarches, nos recherches et tout ce que j'évoque avec vous ne relèvent justement d'aucun mysticisme.

— Vous prétendez que ces pouvoirs mystérieux auxquels vous faites référence répondraient de ces théories physiques complexes ?

— Oui, c'est ce que nous croyons. L'étude des ces théories nous a convaincu que toutes ces disciplines, en apparence éparses, et qui n'auraient donc à priori aucun rapport les unes avec les autres, s'inscriraient en réalité dans une universalité prodigieuse et s'expliqueraient par des lois physiques d'une complexité insoupçonnable.

— Vous pensez que la télékinésie, la psychokinésie, les pouvoirs curatifs du magnétisme s'expliqueraient par ces concepts physiques complexes.

— Absolument. Ces disciplines là, ainsi que nombre de matières touchant au psychisme, se relient d'une manière encore inexpliquée à l'énergie, aux particules, aux ondes, et aux ondes cérébrales notamment.

Jean apprécia dans sa globalité le concept exposé, qui, bien que lui paraissant très théorique, ne manquait pas d'attrait, voire, relever d'une certaine cohérence. Ses connaissances scientifiques étaient évidemment bien trop abstraites pour lui permettre d'en juger la pertinence, mais il avait le mérite de proposer une explication sur des sujets fort méconnus.

Un détail, néanmoins avait capté plus particulièrement son attention.

— …Vous parliez également d'interactions, remarqua-t-il.

— En effet, j'y viens. Cet aspect-là est certainement celui restant le plus inexpliqué. Notre approche est ici particulièrement empirique. La réalisation de certains de ces phénomènes suppose que les deux protagonistes soient acteurs du processus. Ainsi, s'agissant de la télépathie, cette communication extrasensorielle repose en grande partie sur les facultés réciproques des deux acteurs. Exactement comme pour les ondes radiophoniques : il faut un émetteur et un récepteur. Comprenez-vous ce que cela implique ?

— Eh bien, non, pas vraiment. Qu'est-ce que cela implique et que dois-je comprendre exactement ?

— Que vous êtes acteur de votre guérison, Monsieur Delange.

27

— Acteur de ma guérison…? Vous vous moquez de moi !?

— Avez-vous l'impression que je me moque de vous, Monsieur Delange ?

— L'impression que vous donnez me semble être très éloignée de ce que vous êtes en réalité, Monsieur Melaz. D'ailleurs, qui êtes vous donc vraiment ?

— Qui je suis n'est pas le plus important.

— Ah. Et qu'y a-t-il de plus important ?

— Qui *vous* êtes…

— Que voulez-vous dire encore ?

Claude Melaz marqua un temps d'arrêt.

— Je pense que votre présence ici n'est pas le fruit du hasard.

— Vous le savez bien.

— Je ne parle pas de votre recherche d'Ana.

— Et de quoi parlez-vous ?

— De quelque chose qui *devait* s'accomplir.

— Voici l'entrée en scène du destin, ironisa Jean.

— Ce n'est pas cela. Nous ne croyons pas en l'existence d'un destin, au sens où vous l'entendez.

— Vous suggérez pourtant que mon arrivée ici était prévue. N'est-ce pas l'apanage du destin que de considérer que la voie d'un individu est déterminée par avance ?

— Je n'ai pas parlé de voie déterminée par avance.

— Et de quoi, alors ?

— J'ai dit que cela devait arriver.

— Cela ne revient-il pas au même ?

— Pas exactement.

— Et quelle différence faites-vous donc ?

— Je pense que vous êtes arrivé jusqu'ici pour une raison bien précise.

— Je crains que votre sémantique m'échappe quelque peu.

— C'est que la nuance est gracile.

— Et de quel ordre serait cette raison ?

— Une raison supérieure.

— Une raison supérieure ? C'est grotesque. Ma seule présence ici repose sur ma quête d'Ana. Voilà tout. Il n'y a aucune autre raison. Si Ana n'avait pas pris contact avec vous, nous n'aurions pas cette conversation. Votre quête de l'absolu est peut-être un peu trop irraisonnée. Elle vous égare.

— En êtes-vous si sûr ?

— C'est une évidence. Je ne crois pas qu'il existe de raison supérieure autre que la force de mes sentiments pour Ana. C'est une raison très pure. Elle n'est pas supérieure pour autant.

— Et si nous parlions précisément de ce qui vous a permis de découvrir notre communauté et d'arriver jusqu'ici…

— C'est très simple. C'est Madame Djaha qui m'a révélé votre existence.

— Cela, je le sais. Mais qui vous a parlé de Madame Djaha ?

Silence. A cette question posée avec finauderie, Jean comprit que Claude Melaz l'avait amené exactement là où il souhaitait le conduire.

Il n'y répondit pas.

— Eh bien, Monsieur Delange...? Pouvez-vous me préciser qui vous a mené sur la piste de Madame Djaha ? insista-t-il.

— Euh... un concours de circonstances, hasarda Jean, sans conviction.

— Un concours de circonstances ? se moqua gentiment Claude Melaz. Et pouvez-vous m'expliquer quel genre de concours de circonstances vous a permis de frapper à la porte de la personne, qui, justement, était en mesure de vous donner des informations sur votre Ana ?

— J'y ai été aidé, tenta Jean, comme une échappatoire fumeuse.

— Aidé par la fille d'Edgar Defeau, je présume, s'amusa Claude Melaz.

— Oui, c'est cela, répondit Jean de moins en moins assuré.

— Elora Defeau, qui n'était pas présente à l'abbaye quand votre amie y était et qui aurait su malgré cela qu'elle devait voir Madame Djaha... ironisa-t-il de plus belle.

— Mais où voulez-vous en venir ? s'énerva Jean. Que vous importe la manière dont j'ai trouvé la piste de Madame Djaha ? Cela n'a pas d'importance.

— Bien au contraire, Monsieur Delange, cela revêt une grande importance. Une importance capitale.

— Et pourquoi, cela ? souffla Jean, tout en s'affaissant légèrement sur son fauteuil et en prenant son visage entre ses mains, d'un air fatigué.

Claude Melaz ne répondit pas immédiatement à cette question, laissant à Jean le temps nécessaire pour mûrir ses réflexions.

— Personne ne connaissait les raisons de la présence d'Ana à Mont-aux-dames, n'est-ce pas ? reprit Claude Melaz.

— Non, il semble qu'elle ne l'avait dit à personne, avoua Jean, résigné.

— Personne non plus ne savait qu'elle devait rencontrer Madame Djaha…

— …Non.

— Alors,… Comment l'avez-vous su ?...

Jean releva alors la tête et apprécia Claude Melaz avec un regard nouveau, réalisant à cet instant qu'il était peut-être judicieux de se confier à cet homme, de lui relater les évènements incompréhensibles survenus depuis son coma et qui, bien qu'il avait alors refusé de s'en inquiéter, comme s'il avait rejeté au fond d'un puits sans fond cette réalité troublante, ne cessait depuis le début de le hanter.

— A mon réveil, j'ai retrouvé son nom inscrit dans un magazine, au dessus d'une grille de mots croisés, lâcha-t-il enfin.

— Et, c'est vous qui l'aviez inscrit ?

— Oui.

— Vous en êtes certain ?

— Oui, c'était bien mon écriture. J'ai pensé un instant que quelqu'un aurait pu pénétrer dans ma chambre durant la nuit et inscrire le nom en imitant mon écriture, mais la porte de ma chambre était fermée à clé.

— Et vous n'avez aucun souvenir de l'avoir inscrit ?

— Non, aucun. J'avais dîné la veille avec Edgar Defeau et nous avions un peu trop bu. Je me souviens très bien ensuite de m'être couché et d'avoir rempli quelques cases de cette grille pour m'endormir. Et c'est tout. Mais je ne me rappelle pas avoir inscrit cela. Et d'ailleurs, comment aurais-je pu en avoir conscience, puisque je n'avais jamais entendu parler d'elle auparavant.

Claude Melaz marqua un nouveau temps d'arrêt, songeur, comme pour mieux mesurer la portée de ces informations, puis reprit :

— Et ensuite, comment avez-vous su qu'Ana l'avait rencontrée ?

— En fait, je ne savais pas à quoi correspondait ce mot, « Djaha », qui était inscrit sans autre indication. Nous avions passé une partie de la journée, avec Elora, à arpenter la ville à la recherche de quelqu'un qui aurait pu voir Ana, quand, en rentrant à l'abbaye, mon regard est tombé… par hasard… sur la plaque professionnelle de Madame Djaha.

— Et vous avez voulu savoir à quoi cela menait…

— Oui, enfin, c'est Elora, en réalité, qui m'y a poussé.

— C'est prodigieux, s'enthousiasma enfin Claude Melaz. Mieux encore que ce que je pensais… Vous rendez-vous compte de ce que cela signifie ?

— A dire vrai, j'espérais un peu que vous m'éclaireriez sur ce point.

— Vous ne comprenez donc pas ?

— Non, je ne comprends toujours pas comment ce nom s'est retrouvé écrit sur mon magazine.

— Cela confirme vos facultés singulières, Monsieur Delange.

— Des facultés singulières ? C'est ridicule. Il n'existe personne plus dépourvu de facultés singulières que moi. Ma vie est un chef d'œuvre de platitude.

— Que rien ne se soit révélé jusqu'à présent n'est pas la preuve que rien n'existe.

— Et pour quelle raison de telles facultés cachées se révélèrent-elles soudain ?

— Peut-être qu'un événement particulier en a permis l'émergence.

— Vous pensez à mon coma, je présume.

— Précisément…

— Et vous y croyez sérieusement ?

— Y aurait-il une meilleure explication ?

Jean hésita.

— Il est vrai que je me sens très différent depuis que je suis sorti de mon coma.

— En quoi ?

— C'est difficile à expliquer. J'ai l'impression que ma personnalité toute entière, s'est trouvée chamboulée.

— Chamboulée ? C'est-à-dire ?

— Difficile à dire, mais cela a également surpris mon médecin, le Docteur Liever, qui s'est occupé de moi avec beaucoup d'attention et qui ne comprend pas ces évolutions. Il souhaitait d'ailleurs me faire subir des examens spécifiques pour tenter de le découvrir. Il m'a dit également qu'il était très surpris par les résultats de mon électroencéphalogramme. Il parlait,... d'atypisme de mes résultats, je crois, et d'ondes delta émise à l'état de veille. Il m'a également parlé d'hypersensibilité et d'hyperesthésie, si je me souviens bien.

— Tout cela est fascinant.

— Vous trouvez ?...

— Absolument, tout cela confirme assurément vos aptitudes et apporte des éléments nouveaux à nos théories. La question du rôle des ondes delta a déjà été explorée, mais elle n'a jamais été vérifiée. Ce que je ne parviens pas à mesurer, c'est pourquoi ces aptitudes exceptionnelles...

— Exceptionnelles ? le coupa Jean.

— Oui, votre niveau me semble hors du commun. Je n'avais encore jamais rencontré quelqu'un possédant un tel niveau de réceptivité.

Un silence perplexe se fit.

— Et puis, il y a eu aussi ce drôle d'incident, avec une chèvre... se rappela Jean.

— Un incident ? Avec une chèvre ? s'étonna Claude Melaz.

Jean lui relata alors l'étrange comportement de cette chèvre, à l'abbaye, qui s'était brusquement attaquée à lui, sans raison apparente.

— C'est effectivement très curieux, admit Claude Melaz. J'ignore évidemment si c'est lié, mais il faut bien reconnaître que cela n'est pas banal, et pourrait très bien avoir un rapport. Bien que je ne puisse l'expliquer véritablement… Cela, en tout cas, ne fait qu'ajouter à mon étonnement, quant à ce qui s'est passé en vous…

Claude Melaz marqua alors un temps, puis reprit :

— Votre coma était effectivement très profond. Je crois en définitive que mon influence a été minime. L'essentiel est venu de vous. Mais, ce que je ne comprends pas, vous disais-je, est la raison pour laquelle ces aptitudes ne se sont jamais révélées auparavant. Votre coma n'a pas pu tout déclencher. Tout au plus a t-il pu débloquer ou dénouer un blocage important. Etes-vous certain que jamais auparavant, vous n'aviez vécu ce genre de phénomènes inexpliqués, où qui auraient pu vous paraître sortir de l'ordinaire ?...

— Non. Il ne s'est jamais rien produit de tel. Je m'en souviendrais. Ce genre d'expérience est assez marquant pour ne pas être oublié, si je songe à ce qui s'est passé récemment.

— Et auriez-vous subi auparavant un accident grave ou un choc qui aurait pu créer un blocage quelconque ?

— Non. Aucun. Le seul accident dont j'ai été victime dans ma vie fut celui qui m'a plongé dans ce coma.

— Ou un traumatisme…?

Jean s'assombrit soudain et pensa à la mort tragique de son père, quand il avait sept ans.

— J'ai connu un événement tragique, murmura-t-il alors.

— Ah, et lequel ?

— J'ai perdu mon père, à l'âge de sept ans…

Jean lui relata alors les circonstances abominables dans lesquelles il avait perdu son père.

Claude Melaz l'écouta silencieusement, ému.

Il lui laissa ensuite un peu de temps, puis, reprenant le cours de sa réflexion, se pencha amicalement vers Jean.

— Cet événement terrible explique probablement votre blocage, Monsieur Delange. Les circonstances du décès de votre père, alors que vous étiez si jeune, ont dû être terriblement traumatisantes. Et puis vous vous êtes retrouvé seul, près de cet étang, perdu, abandonné dans la nuit. Il est très probable que cela explique également votre vie, sans attachement, sans attrait. L'explication se trouve certainement là. Et votre coma semble avoir, d'une manière inexplicable, dénoué cela ; favorisé sans doute également par mon intervention et les pouvoirs très puissants du magnétisme.

— Je m'étonne que le magnétisme puisse s'exercer de cette manière. Je veux dire, à distance.

— C'est la première fois que j'y parviens.

— La première fois ?

— Oui, quand Ana est venue me trouver et qu'elle m'a relaté la force de ce qu'elle ressentait pour vous, j'ai tenté d'entrer en contact avec vous par télépathie et j'ai alors ressenti une très grande force, quelque chose de prodigieux, que je n'avais jamais ressenti avant. Je pense avoir alors initié le processus, mais c'est vous qui avez réalisé l'essentiel. Il semble que vos pouvoirs se sont alors révélés et que vous en avez fait usage sur vous-même. C'est stupéfiant, conclut Claude Melaz, songeur.

— Ana est encore ici ?

— Oui, à la suite de tout cela, elle a souhaité rester au sein de notre communauté.

— Mais, savait-elle que j'étais sorti du coma ?

— Oui.

— Et elle… n'a pas voulu me retrouver ?

— J'ignore pourquoi, mais elle était persuadée que vous la retrouveriez, que vous réussiriez à suivre sa piste et à arriver jusqu'ici. Vous pourrez la voir dans un instant.

Jean, bien que bouillonnant intérieurement à l'idée de la retrouver enfin, ne dit rien, terriblement troublé par ces révélations.

Puis il interrogea Claude Melaz :

— C'est donc vous qui m'avez conduit sur la piste de Madame Djaha ?...

— Non, pas du tout. Après notre… connexion et la réversion de votre coma, j'ai perdu le contact et je n'ai jamais réussi à le retrouver, étrangement, comme si vous vous étiez fermé, en quelque sorte.

— Mais alors, ce mot, Djaha, inscrit dans mon magazine…

— Cela vient de vous, manifestement.

— Mais pourtant, vous saviez que je viendrais. Votre intendant attendait mon appel !

— Oh, tout cela n'a rien d'exceptionnel. Christina Djaha et moi nous connaissons. Après votre visite, elle m'a appelé pour me relater votre étrange séance. J'ai tout de suite compris qu'il s'agissait de vous. Votre appel n'était donc pas une surprise, sourit-il. Elle m'a dit également qu'elle n'avait pas réussi à voir votre avenir, ce qui l'avait profondément troublée.

— La divination ferait donc également partie de ces pouvoirs mystérieux.

— Certains le croient. En ce qui me concerne, je ne le pense pas, répliqua aussitôt Claude Melaz. Comme je vous l'ai dit, je ne crois pas en l'existence d'un destin. Alors que la voyance, au sens communément entendu, suppose que l'avenir soit écrit à l'avance. Je pense que pour des personnes qui disposent de pouvoirs télépathiques élevés, il est sans doute possible de percevoir quels ont été les événements marquants d'un individu et de percer les traits dominants de sa personnalité.

— Et si je comprends bien, cela permettrait alors d'interpréter, en quelque sorte, l'avenir probable de cette personne.

— Oui, c'est à peu près cela. En tout cas, c'est comme cela que nous analysons le phénomène au sein de la communauté. Si l'on ajoute à cela un sens aigu de déduction, une observation fine et une connaissance profonde de la psychologie humaine, certains individus très doués peuvent en effet réussir à deviner avec justesse ce que seront les orientations de la vie d'une personne, sur la base de l'analyse de l'ensemble de ces paramètres. Christina Djaha possède indiscutablement ces qualités exceptionnelles. Bien évidemment, la plupart des voyants ne partagent pas cette analyse. Pour eux, il s'agit de véritables pouvoirs de divination.

— Puis-je voir Ana maintenant ? s'enquit Jean.

— Dans un instant. J'aimerais avant cela vérifier avec vous une dernière chose.

— Oui. Laquelle ?

— Je vous ai dit tout à l'heure que votre arrivée au sein de notre communauté devait se produire. Vous vous souvenez ?

— Bien sûr.

— Pensez-vous toujours que la seule raison de votre présence ici soit votre recherche d'Ana ?

— … oui, confirma Jean, hésitant néanmoins.

— Au fond de vous, en êtes-vous vraiment convaincu ?

— Que sous-entendez-vous ?

— Ne sentez-vous pas qu'il pourrait y avoir une raison,… plus profonde ?

— Vous trouvez que la quête éperdue de la femme dont on est amoureux n'est pas une raison assez profonde ?

— Bien sûr qu'elle l'est, mais je pensais à quelque chose de plus profond encore. Une quête plus importante, plus grande que cet amour. Une quête plus absolue, une quête qui aurait pour nature de vous révéler,... le sens de votre vie.

— A quoi pensez-vous exactement ?

— Je pense qu'au fond, c'est la recherche de vous-même que vous avez menée, Monsieur Delange.

— La recherche de moi-même ? sourit Jean, comme s'il tentait d'écarter la suggestion, mais sachant très bien au fond de lui, que Claude Melaz avait vu juste et que sa quête, depuis son émersion comatique, avait eu une ambition bien plus grande, bien plus personnelle, bien plus profonde, en effet.

Depuis le décès de son père, la vie affreusement ordinaire de Jean n'avait été qu'une ombre, un refuge, une manière de se protéger, un abri sombre et tranquille aux effluves anesthésiants, dont la paix muette avait été un leurre habile jouant comme une écorce protectrice.

Pour autant, il ne se sentit pas encore prêt à affronter cette vérité qui n'était encore qu'une épure et dont l'exhalaison entière nécessiterait plus de temps.

— Je ne sais pas, conclut-il donc sobrement.

Claude Melaz n'insista pas. Il savait qu'il faudrait du temps à Jean pour le comprendre et l'admettre.

Cela viendrait plus tard.

28

— Le moment est désormais venu de vous permettre de retrouver Ana, dit alors Claude Melaz.

A ces mots, le cœur de Jean se mit à battre la chamade, son estomac se noua brutalement, une chaleur froide l'envahit, son visage – et probablement son corps tout entier – s'empourprèrent. Bref, la totalité de son être s'affola de cette angoisse fabuleuse, de cette peur somptueuse, de cette panique voluptueuse, que seul l'amour, dans sa dimension la plus belle et sa phase la plus intense, est capable de provoquer.

— Je dois néanmoins vous aviser d'une difficulté, poursuivit-il aussitôt, bouleversant en sens inverse, l'agitation interne de Jean.

— Une difficulté ? s'alarma Jean.

— Oui, confirma-t-il d'un air navré qui acheva de l'effrayer. Saviez-vous qu'Ana était croyante ?

— … Non, je l'ignorais, répondit Jean, très surpris toutefois par cette question dont il ne voyait pas très bien en quoi cela pouvait créer une difficulté.

— Elle est même très croyante, en réalité. Cela lui vient de ses parents qui étaient de fervents catholiques pratiquants.

— Vous m'avez dit que la communauté était athée, rappela Jean, comme pour se défendre contre ce que pouvait sous-entendre cette précision ambigüe sur les croyances religieuses d'Ana.

— En effet, elle l'est. Nous ne vénérons aucun dieu, pas plus que nous n'avons de dogme. Toutefois, reprit-il aussitôt sur un ton plus appuyé pour marquer davantage son propos, nous n'exigeons pas de nos membres qu'ils renoncent à leur religion. La liberté de penser et de croyance de nos membres est absolue, je vous l'ai dit. En conséquence de quoi, chacun est libre de prier le Dieu auquel il croit. Sous réserve, bien entendu, de respecter les confessions des autres membres.

— Où est le problème alors ? demanda Jean, légèrement rassuré, car, s'il n'avait pas de conviction religieuse, il ne s'opposait pas à ce que les autres en aient. Aussi, la dévotion religieuse d'Ana, quelle qu'elle fut, ne pouvait faire obstacle à ses sentiments pour elle.

— Durant les premiers mois de votre coma, répondit Claude Melaz, Ana est venue vous voir à l'hôpital, tous les jours, sans exception.

— Oui, je l'ai appris, précisa Jean.

— Ce que vous ignorez, c'est qu'à chacune de ses visites, Ana priait. Elle priait pour que vous sortiez de votre coma. Elle a prié ainsi, chaque jour, pendant six mois. Jusqu'au jour où elle a lu cet article, écrit par Madame Djaha et qui parlait des pouvoirs du magnétisme… La suite, vous la connaissez. Elle est venue à ma rencontre, et… ses prières ont été exaucées. C'est en tout cas ce dont elle est persuadée. Pour elle, tout cela : votre guérison, votre présence ici, sont la réponse à ses prières.

Claude Melaz fit une légère pause, puis il reprit :

— Au cours de ses prières, elle s'est engagée, si elles étaient exaucées, à consacrer sa vie à une œuvre sociale. En somme, qu'elle rendrait aux autres ce qui lui serait accordé…

— Et c'est ce qu'elle réalise ici avec vous… comprit Jean.

— Oui. En consacrant sa vie à la Communauté, elle considère qu'elle fait œuvre de piété en remerciement de la réalisation de ses prières. Bien entendu, j'ai tout fait pour l'en dissuader. Je dois avouer que cette situation m'a mis très mal à l'aise. Cette manière de se dévouer à notre Communauté déroge sensiblement à nos principes. Comme je vous l'ai expliqué, l'adhésion et la fidélité des membres de la Communauté doit reposer sur des principes de recherche d'une vie meilleure et non sur une forme ou une autre de dévotion, quelles qu'en soient les raisons. J'ai donc insisté pour qu'elle renonce à rester, en lui expliquant qu'elle pourrait très bien satisfaire à ses engagements d'une autre manière, qu'il existe une multitude d'œuvres sociales susceptibles de répondre à sa volonté. Mais elle n'a rien voulu entendre… Alors, finalement, après de longues réflexions, nous avons consenti une exception et accepté qu'elle reste parmi nous.

— Pourquoi ? Je veux dire, pourquoi voulait-elle absolument rester ici et ne pas s'investir ainsi ailleurs ?

— Ana a trouvé ici bien plus qu'une manière d'honorer sa promesse. Elle y a trouvé une famille.

Vous savez qu'elle était seule en France, après avoir perdu dramatiquement ses parents. Et puis surtout, elle y a trouvé un sens à sa vie : nos préceptes, nos recherches des fondements de l'humanité ont répondu à ses attentes, à ses propres interrogations. Elle a donc trouvé parmi nous tout ce qu'elle cherchait. Enfin, presque tout... Il lui manque l'homme qu'elle aime. Car elle vous aime profondément, Monsieur Delange. Elle aimerait vous retrouver. Mais, elle refuse de vous imposer de rester ici avec elle. C'est la raison pour laquelle elle n'a pas cherché à vous contacter, quand elle a appris votre réveil. Elle ne voulait pas vous amener à devoir faire un choix aussi difficile, qui serait peut-être pour vous un sacrifice.

Hagard, Jean ne répondit rien à cette sentence dont il réalisait avec amertume toute la portée.

Claude Melaz prit une nouvelle pause avant de reprendre :

— Là encore, cette question nous a causé un grand dilemme. Pour les mêmes raisons, nous ne voulions pas que vous puissiez vous retrouver dans la situation de choisir d'intégrer notre Communauté au seul motif de retrouver Ana. Mais à nouveau, les circonstances nous ont fait fléchir : le contact que j'ai eu avec vous, alors que vous étiez encore dans le coma ; ce que j'ai découvert en vous et la manière dont vous avez réussi à venir jusqu'ici pour retrouver Ana. Et puis, quelque chose en particulier m'a convaincu : l'homme que vous êtes en réalité et que vous avez refusé d'être depuis la mort de votre père. J'ai trouvé en vous un homme d'une profonde générosité et d'une très grande sensibilité. Je pense que pourriez apporter beaucoup à la Communauté.

Claude Melaz se pencha légèrement vers lui et poursuivit :

— J'aimerais que vous nous rejoigniez, Monsieur Delange.

— …

— Vous possédez sans conteste les qualités requises pour intégrer notre communauté. En outre, vos aptitudes extrasensorielles sont exceptionnelles. Je peux vous aider à en prendre toute la mesure et à les exploiter.

— …

— Vous nous feriez un grand honneur en intégrant les Peupliers.

Jean ne répondait toujours rien. Interdit, il fixait Claude Melaz avec une fébrilité impuissante, réalisant qu'il devait prendre en cet instant la décision la plus importante de sa vie.

Conscient du dilemme foudroyant qui le déchirait, Claude Melaz acheva :

— Ana se trouve dans la pièce à côté, derrière cette porte là, dit-il en désignant une porte située à l'opposé. C'est à vous de décider. Vous pouvez choisir de la retrouver immédiatement ou de nous quitter. Monsieur Minart attend derrière cette autre porte. Si vous décidez de partir, il vous raccompagnera sans discussion et vous quitterez les Peupliers en toute liberté, définitivement… Vous retrouverez votre vie… là où vous l'avez laissée avant votre accident.

— Où je l'ai laissée avant mon accident… répéta Jean, comme pour mesurer toute la signification de cette phrase.

— Je vous l'ai dit, Monsieur Delange, vous êtes l'acteur de votre délivrance. C'est à vous de décider de l'issue. Comme je vous l'ai dit, il est un moment où il faut savoir choisir entre le rêve et la réalité…

Claude Melaz se tut alors, laissant à Jean le temps de comprendre…

Comprendre qu'il devait maintenant choisir : retrouver la vie calme qui le sécurisait, cette vie délicieusement prévisible qui se déroulait sans surprises, sans déception, sans chagrin, sans peur… ou se laisser aller à cette promesse d'une toute autre vie, probablement exaltante, mais mystérieuse, inconnue…

Jean attendit encore un moment, silencieux. Il se leva alors, sans rien dire, et d'un pas chancelant, se dirigea vers la porte derrière laquelle se trouvait ce à quoi il ne pouvait renoncer…

REMERCIEMENTS

À HS, grâce à qui l'étincelle s'est probablement faite.

À Xavier, qui a su un jour me comprendre et permettre mon envol.

À Maria, qui m'a relu avec pertinence et encouragé avec tant de chaleur et d'affection.

À ma maman, pour l'attention qu'elle a si gentiment portée à me relire.

À Sylvain, mon ami de toujours, pour m'avoir offert son talent de photographe.

À Marc, pour sa générosité et sa gentillesse, et dont l'aide fut si judicieuse.

À mon éditrice, Eurydice Reinert CEND, pour la confiance si enthousiaste qu'elle a placé en moi.

À ma famille, pour son soutien.

A Marylène Bergmann, qui a bien voulu écrire la préface de cet ouvrage, pour sa grande générosité de cœur !

Première édition décembre 2013
Euryuniverse éditions
euryuniverse@gmail.com

www.euryuniverse.net

Crédit photos :
Sylvain SCHORR – Studio 29
www.studio-29.fr